ALBERT HUGUENIN

LES RÊVERIES

POÉSIES

Suivies de

COUSIN-COUSINE

COMÉDIE EN I ACTE, EN VERS

PARIS

AUGUSTE GHIO, ÉDITEUR

Palais-Royal, 1, 3, 5, 7, galerie d'Orléans.

—

1880

LES RÊVERIES

ALBERT HUGUENIN

LES RÊVERIES

POÉSIES

Suivies de

COUSIN-COUSINE

COMÉDIE EN I ACTE, EN VERS

Revenez, revenez, ô mes tristes pensées !
Je veux rêver et non pleurer.

LAMARTINE.

PARIS

AUGUSTE GHIO, ÉDITEUR

Palais-Royal, 1, 3, 5, 7, galerie d'Orléans

—

1880

Le Lecteur trouvera dans les premières pages quelques fautes de versification. L'Auteur de ce petit livre a mieux aimé laisser intactes ces chansons de jeunesse, que les dénaturer en les corrigeant.

DÉDICACE

———

Je vous dédie ce livre, à vous, la mignonnette,
Dont la beauté innocemment coquette,
Qu'en secret adore mon cœur,
Embellit tous mes songes,
Ces doux mensonges,
Erreurs.

Bonheur,
C'est la promesse
Égayée de tendresse,
Que font tes beaux yeux et ton cœur ;
Mais de toi, fleur, je ne sais qu'une chose :
Ton parfum, plus charmant que celui d'une rose.

Octobre 1879.

LES

RÊVERIES

FLEURS FANÉES

Pauvre bouquet de fleurs fanées,
Vous me rappelez mes beaux jours,
Mes espérances envolées,
Les doux parfums de mes amours.

Chères fleurs fanées,
Rendez à mon cœur
Mes plus douces pensées,
Mes rêves de bonheur.

Que vous dites de douces choses,
Mais aussi que d'amers regrets !
Toujours des épines aux roses,
Dans mon cœur des chagrins secrets !

Chères fleurs fanées,
Rendez à mon cœur
Mes plus douces pensées,
Mes rêves de bonheur.

Oui, vous êtes remplis de charmes,
Souvenirs d'amoureux serments,
Fleurs souvent baignées de mes larmes,
Rayon flétri de mon printemps.

Chères fleurs fanées,
Rendez à mon cœur
Mes plus douces pensées,
Mes rêves de bonheur.

LE RETOUR

Après les ans d'une absence lointaine,
A mon hameau je reviens enfin,
Je vois là-bas le clocher dans la plaine
Illuminée des rayons du matin.

Autour de moi tout s'éveille et s'anime,
L'oiseau est gai, la fleur s'épanouit;
Je sens aussi mon cœur qui se ranime
Au doux aspect du champ qui reverdit.

Le frais buisson de l'aubépine blanche
Laisse échapper la senteur embaumée,
Sous le gazon se cache la pervenche
Humide encor des pleurs de la rosée...

Mais il arrive à mon cœur qui palpite,
Ce doux écho d'un air que je chantais :
J'ai reconnu la voix de Marguerite...
C'était le nom de celle que j'aimais !

MARIE

Lorsque du vent du soir
L'haleine parfumée
Courait sous le ciel noir
Ou sur l'onde argentée,
Tu venais souriante,
T'en souvient-il? ma belle,
T'asseoir dans ma nacelle
Aux flots obéissante ;
Et quand riait l'aurore
Rose printemps du jour,
Nous chantions encore
Notre premier amour...
Nous étions bien heureux !
Souvent la vague blanche

Nous balançait ainsi,
Quand dans les lointains bleus
De l'horizon qui penche
Le soleil avait fui !...

POUR UNE FLEUR

L'âme pleine d'amour et de mélancolie,
J'étais triste ; une fleur, le soir, m'a fait sourire,
Et j'ai dormi bercé par la douce harmonie
    De ta voix qui soupire ;

Et j'ai rêvé longtemps, de la fleur bien-aimée
Aspirant la candeur et le parfum léger,
Et buvant à longs traits, à sa coupe embaumée,
    L'espoir dans un baiser.

ROMANCE

Écoute mon chant solitaire,
Mes joies et mes chagrins secrets ;
Écoute, voilés de mystère,
Et mes soupirs et mes regrets.

Beaux rêves de tendresse,
Espérances d'amour,
Versez-moi votre ivresse
Et vos parfums toujours.

T'aimer sans pouvoir te le dire,
Voilà ce qui fait ma douleur,
Mes nuits brûlantes de délire,
Mes jours attristés par mes pleurs.

 Beaux rêves de tendresse, &c.

Ton image embellit mes songes
De doux plaisirs, hélas ! si vains
Que tous tes baisers sont mensonges,
Que ma joie est sans lendemain !

 Beaux rêves de tendresse, &c.

Oh ! de tes grands yeux pleins de charmes,
Jette au moins un regard si doux
Sur mon regard mouillé de larmes,
Sur moi qui pleure à tes genoux.

Beaux rêves de tendresse,
Espérances d'amour,
Versez-moi votre ivresse
Et vos parfums toujours.

SOLITUDE

O rus! quando te aspiciam!

Heureux qui, s'écartant des sentiers d'ici-bas,
A l'ombre du désert allant cacher ses pas,
D'un monde dédaigné secouant la poussière,
Efface, encor vivant, ses traces de la terre,
Et dans la solitude enfin enseveli,
Se nourrit d'espérance et s'abreuve d'oubli!

LAMARTINE.

Loin du bruit des cités et de leurs clameurs vaines,
Parmi l'herbe et les fleurs je voudrais m'égarer,
Le matin m'enivrer de leurs douces haleines,
Le soir, quand tout se tait, libre et content, rêver.

Et lorsque le soleil de ses rayons brûlants
Embraserait le ciel, j'irais dans le bocage,
De l'oiseau qui babille écoutant les doux chants
Et les bruits du ruisseau qui fuit sous le feuillage ;

Et je m'endormirais sur un lit de pervenche,
Alors que l'air s'emplit de soupirs embaumés,
Et que, sous les arceaux du vieux chêne qui penche,
La brise endort l'oiseau dans les nids balancés.

Je coulerais ainsi, rêveur et solitaire,
Des jours pleins de fraîcheur et de calme plaisir,
Avec joie j'oublierais le reste de la terre,
Heureux d'être oublié, sans regret, sans désir.

Puis, un jour, je mourrais l'âme calme et sereine,
Parmi l'herbe et les fleurs, en regardant les cieux,
Et sur un lit d'argile où fleurit la verveine,
L'oiseau gazouillerait son chant mélodieux !...

A JEANNE

Quand l'écho du bosquet, dans l'ombre et le silence,
Redit d'ardents soupirs et de fiévreux baisers,
Quand le lilas en fleurs, que la brise balance,
Mêle à ces doux accents ses parfums printaniers,

Lorsque l'oiseau s'endort bercé par le murmure
        Des lèvres d'un amant,
Chanson que l'amour sème à travers la nature,
        Qu'au ciel porte le vent,

Alors, pauvre poète au cœur triste et morose,
Sous les grands peupliers je m'en vais en rêvant,
Je t'appelle tout bas en cueillant une rose,
Et je bénis ton nom en pleurant mes seize ans.

Car je t'aime et voudrais, un soir ou vers l'aurore,
        Jeanne, te l'avouer;
Et puis, pour t'amuser, je t'enverrais encore
        Des vers et des baisers.

PEPITO

—

> Connais-tu le pays où fleurit l'oranger?
> *Romance de Mignon.*

Il était un enfant de la blonde Italie...
Ses longs cheveux, dorés comme un pampre vermeil,
Retombaient en anneaux sur sa face pâlie
        Par les nuits sans sommeil.

L'éclat de ses yeux bleus, terni par la souffrance,
Jetait sur son visage une lueur d'amour;
Une larme tremblait dans ses yeux, l'espérance
        L'avait fui sans retour.

Et pourtant, il chantait des chants pleins d'allégresse,
Tout le jour, dans la foule et dans le bruit des rues,
Étouffant dans son cœur doux échos de tendresse,
        Visions disparues.

Les passants curieux s'arrêtaient pour l'entendre ;
Lui, chantait leurs amours, mais il mourait de faim ;
La plupart s'en allaient en riant, sans comprendre
      Qu'il n'avait pas de pain.

Comme ce pauvre oiseau ne savait point se taire,
A cette heure où Paris s'endort, l'âme attendrie,
Sur sa guitare douce il pleurait, solitaire,
      Sa mère et sa patrie :

    « Oh ! qui saura jamais
      « Comme j'aimais
  « Le ciel bleu de mon Italie,
  « Pays où revit l'étranger,
    « Terre bénie
   « Où fleurit l'oranger.

    « Je n'ai jamais connu mon père,
   « Je ne sais même pas son nom,
   « Je ne sais s'il fut grand : ma mère
   « Seulement m'a dit qu'il fut bon.

   « Ma mère... ah ! ma mère était belle !
   « Dans les rues de Naples, le soir,
   « Elle dansait la tarentelle,
   « Et tous accouraient pour la voir !

    « Oh ! qui saura jamais
      « Comme j'aimais
  « Le ciel bleu de mon Italie,

« Pays où revit l'étranger,
            « Terre bénie
        « Où fleurit l'oranger.

« Moi je courais, enfant heureux,
« Pieds nus, sur le sable des grèves ;
« Mes chants plaisaient aux amoureux,
« Je comptais mes jours par mes rêves.

« Un jour, hélas ! ma pauvre mère
« Me dit : « Enfant, il faut partir ;
« Nous vivons ici de misère,
« Là-bas est l'or et le plaisir ! »

        « Oh ! qui saura jamais
            « Comme j'aimais
    « Le ciel bleu de mon Italie,
« Pays où revit l'étranger,
            « Terre bénie
        « Où fleurit l'oranger.

« Et nous avons marché sans trève,
« Depuis Naples jusqu'à Paris ;
« J'ai vu, comme on voit en un rêve,
« La grande cité au ciel gris ;

« Tous deux nous chantions, et ma mère
« Vers elle attirait les regards ;

« Parfois je restais solitaire,
« Et parfois elle rentrait tard.

   « Oh! qui saura jamais
     « Comme j'aimais
« Le ciel bleu de mon Italie,
« Pays où revit l'étranger,
    « Terre bénie
   « Où fleurit l'oranger.

« Puis, un matin, quand sonna l'heure
« De la prière et du soleil,
« Dans notre chétive demeure
« Je me trouvai seul au réveil.

« Jamais elle n'est revenue,
« Je la cherche, toujours en vain...
« O Madone, la nuit venue,
« Conduis Pepito par la main !

   « Oh ! qui saura jamais
     « Comme j'aimais
« Le ciel bleu de mon Italie,
« Pays où revit l'étranger,
    « Terre bénie
   « Où fleurit l'oranger. »

BARCAROLLE

Le sommeil a clos sa paupière,
Je veux, loin des jaloux,
Chanter joyeux et solitaire
L'heure du rendez-vous.

L'onde sourit et la brise soupire ;
Viens près de moi te balancer,
Dans ma barque, sur le flot qui l'attire ;
Viens, je veux t'aimer.

Veux-tu bien être ma compagne,
Belle au cil de velours,
Veux-tu m'aimer, fille d'Espagne,
Pour passer d'heureux jours ?
L'onde sourit et la brise soupire, &c.

Déjà minuit déploie ses voiles,
Tout est silencieux ;
Déjà scintillent les étoiles
Et l'éclair de tes yeux.

L'onde sourit et la brise soupire, &c.

Viens, dans la nuit et le mystère
L'amour est plus charmant ;

La grève est sombre et solitaire...
Belle, suis ton amant.

L'onde sourit et la brise soupire,
Viens près de moi te balancer,
Dans ma barque, sur le flot qui l'attire ;
Viens, je veux t'aimer.

PRIMAVERA

O primavera gioventu dell'anno !

Voilà le printemps de retour,
Voilà le temps des fleurs écloses,
Voilà le temps cher à l'amour,
Voilà le temps d'aller à deux cueillir les roses.

Chantez, volez, aimez, fauvettes,
Beau rossignol amant des nuits ;
Chantez, aimez aussi, fillettes,
L'an dernier, les beaux jours si tôt se sont enfuis !

Du peu d'amour que Dieu nous donne
Goûtez, savourez la douceur ;
A seize ans la vie est si bonne,
Quand on a de l'espoir et de l'amour au cœur !

AMOUR!

—

Chantons l'amour et ses divins mensonges,
Ce chant si vieux et toujours si nouveau!
Vive l'amour! Et que, dans tous mes songes,
Passent de longs rayons de tes grands yeux si beaux!

Amour, et confiance, et beauté, et jeunesse,
Vrais dieux que crut toujours la grande humanité,
Dans nos cœurs, à pleins bords, versez-nous votre ivresse
Inépuisable et pure pour l'éternité.

N'oublions pas qu'un vrai amour est chose rare,
Que jeunesse et beauté sont données pour aimer,
Que la fleur veut éclore, et que c'est être avare
Qu'enfermer dans son cœur des trésors amassés.

Songeons, songeons-y donc! La vie n'est point si belle
Pour qu'on délaisse ainsi le soin de l'embellir;
Ne fuyons pas toujours la joie du cœur, car elle
Saura bien, et trop tôt, et malgré nous s'enfuir.

Oui, chère bien-aimée dont la pensée brûlante
Laissera dans mon âme une trace de feu,
Laisse aller ton grand cœur au courant qui l'enchante,
Et pour tout dire enfin : Aime-moi donc un peu!

O JARDINS! O BOSQUETS!

. . . .

. . . .

O jardins, ô bosquets, berceau de notre enfance,
Témoins silencieux de nos joyeux ébats,
Beaux lieux où me berçait une douce espérance,
Où, triste aussi, souvent seul j'égarai mes pas;

O feuillage embaumé des lilas, des jasmins,
Chansons du rossignol, chants d'amour, chants de fête,
Parfums de femme aimée, haleine des jardins
Pure quand le soleil à se lever s'apprête;

Ruisseaux miroirs des cieux, rive calme et fleurie,
Humide et vert tapis de mousse et de gazon,
Grands bois, mystérieux silence, et poésie
Cachée sous des parfums de fleurs dans le vallon;

Langueur des nuits d'été, doux et vague murmure
Qu'exhale tout buisson sous le soleil de mai,
Amoureuse au front pur, belle et sainte Nature,
Qui t'aimera jamais ainsi que je t'aimai!

Oh! que j'en ai pleuré de ces larmes amères,
Lorsque je te contais mes plaisirs, mes ennuis;

Je te confiais tout, mes rêves, mes chimères,
Je te disais le jour les chagrins de mes nuits ;

Je te disais comment la gloire, la fortune,
N'abreuvèrent mon cœur que de fiel, et comment
Toutes mes illusions s'enfuirent une à une,
Devant que soit venue l'heure de mes vingt ans.

Pour tout ce qui dans ta fraîche beauté, Nature,
De l'amant, du poète, adoucit le malheur,
Merci ! Seule ici-bas tu fis mon âme pure,
Séchas mes larmes, fis oublier à mon cœur.

Toi seule consolas mon cœur dans la souffrance,
Fis luire dans mon âme un rayon de ta foi,
Toi seule y fis briller l'étoile d'espérance
Qu'elle chercha partout, mais ne trouva qu'en toi.

ON DIT

On dit que jeunesse est un âge
Bien terrible et bien inconstant,
Que quand on est vieux on est sage,
Et qu'on est un sot à vingt ans.
On dit que, remède efficace,
Les années changent bien le cœur,

Qu'il faut que jeunesse se passe
Avant de goûter au bonheur.

On dit,
On dit;
Mais n'en crois rien, ce sont propos frivoles,
Ce sont jaloux, égoïstes, menteurs;
Que ton bon cœur déteste leurs paroles,
Et ta beauté leur sourire vainqueur!
Écoute, écoute la fleur si timide
Dont les parfums s'élèvent jusqu'à toi,
Et qui demande à ta lèvre candide
Un doux baiser, et te dit : Aime-moi.

On dit que c'est faire un mensonge
Que promettre fidélité,
Et qu'amour est né d'un doux songe
Qui n'a point de réalité.
On dit aussi que l'espérance
Est un leurre, et qu'il faut chercher
Le bonheur dans l'indifférence
Et dans le plaisir d'oublier.

On dit,
On dit;
Mais n'en crois rien, ce sont propos frivoles, &c.

On dit que d'un brin de folie
Il faut enivrer nos amours,
Qu'on peut aimer femme jolie,
Mais qu'on ne peut l'aimer toujours;

On dit aussi qu'être fidèle
Donne des soucis superflus,
Qu'il faut rire en quittant sa belle,
Et bien vite n'y penser plus.

On dit,
On dit;
Mais n'en crois rien, ce sont propos frivoles, &c.

On dit enfin que si je t'aime,
Que si je te l'ai dit, je mens;
Les vieux qui jeûnent en carême
Voudraient nous raccourcir les dents.
Ils disent que si je t'adore,
C'est pour jusqu'à demain matin...
A dire ce qu'on dit encore,
Amie, je perdrais mon latin.

On dit,
On dit;
Mais n'en crois rien, ce sont propos frivoles,
Ce sont jaloux, égoïstes, menteurs;
Que ton bon cœur déteste leurs paroles,
Et ta beauté leur sourire vainqueur!
Écoute, écoute la fleur si timide
Dont les parfums s'élèvent jusqu'à toi,
Et qui demande à ta lèvre candide
Un doux baiser, et te dit : Aime-moi.

SONNETS IRRÉGULIERS

Pauvre petit oiseau, toi l'espoir du bocage,
Qui berças nos amours de ta voix enchantée,
Te voilà donc tombé sous notre plomb sauvage,
Et traînant sur le sol ton aile ensanglantée !

Tu pouvais pourtant bien voler, chanter encore,
Aimer aussi ; tu pouvais voler dans les cieux,
Éveiller de tes chants, quand rit la blonde aurore,
La nature assoupie dans un calme amoureux.

Mais las ! tu vas mourir ! Adieu chanson sacrée,
Adieu les nids d'amour cachés sous la feuillée,
Adieu tout ce que Dieu t'avait donné d'aimer !

Endors-toi maintenant, sans regret, sans désir,
Heureux de me laisser ton touchant souvenir,
Heureux d'avoir ici quelqu'un pour te pleurer.

A J.-E. B...

Ami, le printemps vient de fleurir tes coteaux,
Tes grands bois sont remplis de bruits mystérieux,

Et je sais dans le pré, sous d'ombrageux rameaux,
Le cristal d'une eau pure où se mirent les cieux.

Viens errer avec moi le long du sentier;
Je sais de frais vallons et des herbes fleuries,
Je sais, près des ruisseaux où croît le peuplier,
Un frais bosquet souvent témoin de nos folies.

Viens arracher mon cœur aux amoureux mensonges,
Rends-moi ton amitié, mon repos, mes doux songes,
Viens, tu me conduiras dans ce vallon chéri

Dont l'aurore un matin nous dévoila l'attrait :
Dans la bruyère en fleurs l'alouette chantait;
Nous l'avions appelé *le Vallon de l'Oubli*.

LE DOUTE

—

M'aimes-tu, m'aimes-tu? Oh! le doute terrible,
Désolant, pour mon cœur qui déborde d'amour!
Comprends-tu, sais-tu bien que cette angoisse horrible
Empoisonne pour moi la joie de chaque jour?

Comprends-tu, sais-tu bien quelles larmes amères
Je pleure nuit et jour lorsque je pense à toi,
Et ces larmes sais-tu comme elles sont sincères,
Et malgré ta froideur comme je t'aime, moi?

Je t'aime parce que dans ton regard si tendre
J'ai vu luire un rayon de poésie voilée,
Je t'aime, parce que j'ai cru moi-même entendre
Chanter dans ta pensée l'écho de ma pensée.

Mon cœur veut croire encore à ce mot d'espérance
Que déjà il avait désappris, oublié ;
Quelque chose me dit d'aimer avec constance,
D'espérer ton pardon avec ton amitié.

Mais pourquoi tant rêver, tant espérer, et croire
Aux folles visions écloses dans mon cœur ?
Laissons-les s'envoler ; trop vite la mémoire
En serait effacée dans tes jours de bonheur !...

Oh ! du moins, si ton cœur se ferme à la tendresse
Comme la fleur rebelle aux caresses du jour,
Si le dernier espoir, si la dernière ivresse,
De ton âme tu l'as exilée sans retour ;

Oh ! du moins, toi qui fais ma souffrance et ma peine,
Toi dont je veux encore être l'esclave, eh ! bien,
Sois bonne, prends pitié de ma folie si vaine
Qui rêve ton amour en te donnant le mien.

Pitié, pitié pour moi, pitié pour tant d'amour,
Et pitié pour une âme avide de bonheur,
Pour un infortuné que tu ravis un jour,
Et que tu vas laisser le désespoir au cœur !...

Mais pourquoi tant gémir?... Quand sa pensée sommeille,
Peut-être elle a rêvé elle aussi!... Mais son rêve
Est bientôt oublié; et, quand elle s'éveille,
L'ingrate a ri bien fort avant qu'il ne s'achève,...

LA ROSE

Fleur de la beauté, fleur éclose
    Sous les baisers du zéphir,
Fille du soleil, tendre rose,
    Fleur qu'un rayon va flétrir;

Sultane qui mêle, pensive,
    Ses parfums au vent des nuits,
Fleur que l'hirondelle craintive
    Froisse dans son vol qui fuit;

Calice pur où la rosée
    Cache la nuit un trésor,
Où s'enivrent dans la journée
    Papillons aux ailes d'or.

Tu pares les doigts de l'Aurore,
    Le pâle front de Vénus;
Dans nos bals ta fraîcheur décore
    Les fronts blancs et les seins nus.

Jette tes parfums à la brise,
  Embaume les soirs d'été,
Sois au doux soleil qui t'irise,
  A l'amour, à la beauté.

Pour celle que j'aime, sois gage
  Et de constance et de foi,
Et dis-lui : « Je suis ton image,
  « Tu es reine comme moi. »

Dis à l'oiseau qui te caresse,
  Dis à l'insecte brillant :
« Aimez-moi, bientôt ma jeunesse
  « Fuira sur l'aile du temps. »

Dis à la matinale abeille :
  « Accours de ton vol léger,
« Demain ma corolle vermeille
  « N'aura peut-être à donner

« Ni parfum pour ton miel, ni couche
  « Au papillon diapré ;
« Vois-tu, chaque aile qui me touche
  « Prend un charme à ma beauté.

« Car mon existence est bien frêle,
  « Pour moi une heure est un an ;
« Un coup de vent, un grain de grêle,
  « Me fanent en m'effleurant.

« Mais il me faut bien peu de chose
  « Pour que je vive longtemps :
« Que la main qui cueille la rose
  « La donne au cœur d'un amant.

« Entre les blancs feuillets d'un livre,
  « Ou dans le tiroir secret,
« Je serai la source où s'enivre
  « De souvenirs et de regrets

« La pauvre âme qui, solitaire,
  « Pleure le bonheur perdu ;
« De l'amour le charme éphémère
  « Par moi lui sera rendu. »

L'ABSENCE

Après ces quelques jours de bonheur et d'ivresse
Dont nos cœurs à l'envi se bercèrent tous deux,
Après s'être grisé de la douce caresse
Qui tombait de ta bouche et du feu de tes yeux,

Me voilà donc réduit, malheureux, solitaire,
A croire, à espérer, puis à gémir souvent,
A gémir loin de toi, sans toi, dans le mystère
Où se blottit mon cœur loin des rires méchants.

Oui, mes pleurs font mes jours, et la douleur m'accable,
Loin de toi tout est triste et me semble pensif,
Toute voix est pour moi devenue haïssable
Quand elle n'est l'écho d'un chant d'amour plaintif.

Mes livres eux aussi, les douces poésies,
Les histoires d'amour qui m'ont bercé jadis,
Tous ces vieux compagnons de mes années enfuies
Sont sans charmes pour moi qui les ai tant chéris.

Gais amis qui faisaient ma chambrette jolie,
Ton absence en un jour les a tous mis en deuil;
Un voile épais et morne de mélancolie
Semble s'appesantir sur eux comme un linceul...

Mais toi, l'ange gardien de ma pensée fidèle,
Qui sus toujours si bien me comprendre et m'aimer,
Tu réponds aux sanglots de mon cœur qui t'appelle,
Qu'il me faut travailler, croire, et puis espérer.

Je veux suivre en tout point tes conseils si sincères,
Je veux, tu le sais bien, me soumettre à ta loi;
Tes désirs sont pour moi des ordres, tes prières
Sont des commandements divins en qui j'ai foi.

Heureux toujours d'avoir à t'obéir encore,
J'ai vaincu ma faiblesse et réglé ma raison,
Rien ne peut dépasser ta bonté que j'implore,
Mais aussi mon amour et ma soumission;

Abîmé dans ma peine et dans mon infortune,
J'ai relevé la tête, et je t'ai vue là-bas,
Dans un bleu coin du ciel où dormait la nuit brune,
Toi, l'étoile bénie qui dois guider mes pas.

Oh! mes lèvres cent fois, mille fois t'ont bénie,
Du sein de mon exil je te bénis encor,
Et puis je t'aimerai jusqu'au jour où la vie
De mon âme vers Dieu reprendra son essor.

Mais, voilà que je perds le fil de mes pensées!...
Comme l'oiseau joyeux qui retourne à son nid
Après avoir chanté l'aube des matinées,
Vers toi, toujours charmé, s'envole mon esprit.

Eh bien, je te disais que dans ma solitude
J'ai selon ton désir secoué ma torpeur,
Je vais avec espoir retremper dans l'étude
Ma pensée qu'un instant domina le malheur.

Oui, je veux travailler pour être heureux et libre,
Afin que tous tes vœux un jour soient satisfaits;
Le travail donne seul à l'homme son calibre,
C'est par le travail seul qu'on mérite un succès.

Mais ne crois pas, au moins, que jamais dans mon âme
Les labeurs de l'étude effaceront l'amour;
Je ne veux travailler que pour nourrir la flamme
Qui brûle sans s'éteindre un seul instant du jour,

Devant l'autel sacré où ma pensée t'encense,
Où j'ai sacrifié avec un cœur joyeux
Tout regret du passé, toute douce espérance
Qu'autre femme pourrait faire luire à mes yeux.

Oui, je te le répète, en ce long sacrifice
J'ai compris tout amour, même le plus léger ;
Dans ma parole il n'est point de vain artifice ;
Je sais trop ce que vaut la vie pour la jeter

Comme la jette encore aujourd'hui la jeunesse,
En proie à la bruyante et folle légion
Des femmes qui, pour nous prodiguant leur tendresse,
Ne nous laissent au cœur qu'une déception.

On en a tant parlé de leurs joies de grisette !
Je sais qu'on a tout fait pour les poétiser :
On a bien réussi ; des âmes de poète
Avaient rêvé ces joies, à force de pleurer !

Et puis, peut-on vraiment se refuser à croire
A ces folles amours ? Peut-on ne pas aimer
Des cœurs si confiants, et plaindre la mémoire
D'une Mimi si pâle, aux yeux qui font rêver ?...

Mais, où donc mène enfin ce chemin de misère
Qui d'une fille aimée tenta les premiers pas ?...
Il aboutit, hélas ! toujours à ce calvaire
Qu'on peut semer de fleurs, mais qu'on n'abolit pas.

Non, de ces amours-là je n'en veux plus goûter,
Et moins encor goûter de celles où jeunesse,
Esprit, beauté, sourire, et grâce enchanteresse,
Ne sont qu'un piège adroit à l'aspect mensonger.

Non, non ! je ne veux point dépenser en prodigue
Les trésors précieux amassés dans mon cœur ;
Je n'ai que du dédain pour ces amours que brigue
Un tas de sots trop fiers de leur jeunesse en fleur.

Ces amours-là vont bien à ceux dont jamais l'âme
N'a vibré sous le choc d'une forte pensée,
A ceux qui n'ont jamais mis au front d'une femme
Qu'une rose flétrie, qu'une rose effeuillée ;

Mais ceux pour qui l'amour est chose sainte et pure,
Et qui ne veulent pas en profaner le nom,
Et qui, de leur jeune âme étudiant la nature,
Demandent l'idéal à leur seule raison ;

Ceux qui contre les biens et les plaisirs factices
Ont sans cesse lutté avec courage et foi,
Refusant d'obéir à ces changeants caprices
Qui sous des noms dorés chez tant d'autres font loi ;

Ceux qui jamais n'ont dit une tendre parole
A des filles de joie, sans se la reprocher,
Qui ne veulent donner la divine auréole
Qu'à la femme créée par Dieu pour les aimer ;

Ceux qui, bravant le rire et l'ironie amère,
Trouvent dans leur croyance assez de vraie grandeur
Pour n'adorer jamais que leur belle chimère,
Mensonge qui promet la paix et le bonheur;

Ceux-là sentent bientôt combien est éphémère
Le charme de ces joies que leur cœur désavoue ;
Dans un suprême amour plane leur âme altière,
Loin des lieux séducteurs où la foule se joue.

Ceux-là ont un beau nom dans le monde où nous sommes :
Ce sont des esprits purs, rêveurs et délicats ;
Artistes, ils s'en vont souvent parmi les hommes,
Cherchant l'écho fidèle et ne le trouvant pas.

Ceux-là sont bienheureux qui, malgré l'amertume,
Malgré tous les regrets de leur rêve incompris,
N'ont jamais délaissé l'idéal qui parfume
Leur triste vie. Ceux-là, je les aime ; et j'en suis.

Oui, je sens qu'en mon âme il est une étincelle
Qui brûle sans jamais s'éteindre un seul instant,
Flambeau sacré de l'art dont la clarté fidèle
Découvre à mon espoir l'horizon souriant.

C'est ce flambeau qui brûle au pied du sanctuaire
Où j'ai muré mon cœur avec ton souvenir;
Les jours peuvent couler, et ta bouche se taire,
Ton amour est là, et j'ai foi dans l'avenir.

J'ai foi, j'ai confiance ; eh ! oui, la destinée
N'a pas mis en mon âme un amour si constant,
Pour que l'ingratitude à l'haleine glacée
En chasse de ton cœur le souvenir charmant.

Ces amours sont, vois-tu, des amours que Dieu donne,
Notre vie tout entière appartient à leurs feux ;
N'ôtons pas une fleur à la chaste couronne
De fraîche poésie qui nous fait rois tous deux.

. . . .
. . . .

Oh ! ce serment d'amour sur ses lèvres de flamme,
Ce serment dans mon cœur écrit en traits de feu,
Oh ! ce serment qui met le courage en mon âme,
Mais serment qui fut joint à son dernier adieu !

Au souvenir si cher de cette heure maudite
Je me sens quelquefois brisé, anéanti ;
Je sens avec douleur mon être qui palpite,
Fier, courageux... puis triste, et comme appesanti.

Pourquoi faut-il qu'à l'heure où ta bouche adorée
Me faisait le plus doux, le plus vrai des serments,
Une nécessité cruelle et abhorrée
T'arrachât de mes bras, hélas ! et pour longtemps !

Malheur, malheur, malheur ! Je reste solitaire...
Oh ! mon âme abreuvée de dégoût et d'ennuis

Loin de toi se lamente et ne peut se soustraire
A la douleur qui fait un enfer de mes nuits.

Pense donc ! Loin de toi, de toi l'objet unique
Et l'objet bien aimé de mes brûlants désirs ;
Ta présence faisait mon ivresse mystique,
Ton absence a sevré mon cœur de ses plaisirs.

Dis, de ces causeries et de ces promenades
Où la lune brillait comme en des soirs d'avril,
De ces bois pleins d'ombrage aux discrètes arcades,
De ce vallon béni, dis-moi, t'en souvient-il ?

En ton pays lointain, ma chère bien-aimée,
Quand, sous ton ciel bleu, sous les molles langueurs
Et les baisers si doux de ta brise embaumée,
Tu rêveras le soir à mes longues douleurs,

Écoute, par là-bas, du côté de la France,
Dans les bruissements du silence du soir,
Écoute, écoute au loin l'écho de ma souffrance,
Écoute ta pensée, et puis réponds : *Espoir !*

DIX-HUIT ANS

—

Il avait dix-huit ans. Oh ! qu'il est beau cet âge
Où dans le cœur on n'a que des illusions,

De ces fleurs parfumées, et que, dans son ravage,
Le temps fane et remplace avec des déceptions !

Nuls soupçons inquiets, nul souci, point de doute !
On est pur et candide, et l'on croit au bonheur ;
On rit à l'avenir, l'avenir qu'on redoute
Dès que du premier rêve est né le premier pleur.

A dix-huit ans on croit à tout, à Dieu, à l'âme,
Au bien, à la vertu, à la gloire, à l'amour ;
On est sensible, aimant, tendre comme une femme,
On a le front sans tache, et le cœur sans détour.

On ne sait point encore et les nuits d'insomnie,
Et cette fièvre ardente, et ce feu dévorant
Que donne aux amoureux, avec la calomnie,
La jalousie, poignard qu'ils portent dans le flanc.

Un rêve de cet âge vers le ciel s'envole
Avec les chants d'oiseau, la prière et l'encens ;
C'est le parfum d'une âme, ou bien d'une corolle
Qui s'ouvre et se dilate aux feux d'un jour naissant.

L'homme de dix-huit ans, dont la main est débile,
Sur les sables mouvants de l'avenir lointain
Se bâtit un secret et pacifique asile,
Où doit être à l'abri son bonheur de demain ;

L'Imagination, alors jeune et féconde,
Sans s'inquiéter du but suit les sentiers fleuris ;

La folle du logis, perfide comme l'onde,
Nous fait sourire avec ses mensonges chéris.

La douce fée, d'un coup de ses pouvoirs magiques,
Peuple ces beaux lambris dorés, étincelants,
De mille êtres aimés, gracieux, poétiques,
A jamais de ce lieu les seuls hôtes charmants.

Non, il n'est pas pour toi ce palais de délices !
Jeune homme, tu rêves des cieux ! Fils de l'Éden,
Tu ne sais pas qu'au fond de nos plus purs calices
Dort une lie qui monte à la lèvre soudain.

Tu ne sais pas que l'homme est de boue et de fange ;
Tu ne sais pas, comment pourrais-tu le savoir ?
Qu'il n'est point parmi nous de bonheur sans mélange,
Et qu'il n'est point de fleurs qui durent jusqu'au soir.

Pensifs, le front pesant et courbé vers la terre,
Nous marchons, et beaucoup ne vont pas jusqu'au bout ;
Nous allons du berceau à la tombe, ô misère !
Plus nous allons, plus nous regrettons, voilà tout !

En notre âme Dieu met, pour qu'elle ne s'affaisse,
L'Espoir et l'Illusion qui aident à souffrir ;
Et juste assez de temps ici-bas il nous laisse,
Pour y croire, en douter, les pleurer, et mourir.

Mais va, ne pense point à ces choses funèbres ;
Que l'avenir, caché par un brillant rideau,

Sur la scène à tes yeux soit voilé de ténèbres !
Devant toi tu verrais un trop sombre tableau.

Détourne tes regards de la foule ignorante,
Des basses passions ; aux vulgaires plaisirs
Ne trempe pas ta lèvre, et vis, âme innocente,
Guidée par ton amour et tes nobles désirs.

Va donc où Dieu t'envoie. Que celui qui te nomme
Parmi tes actions n'ait à condamner rien ;
L'avenir jugera, et l'on dira, jeune homme,
Si tu fus grand : C'est beau ; si tu fus bon : C'est bien.

Si quelqu'un, dans le flot qui s'agite et qui tourne,
Te demandait un jour pour qui tu fais ton miel,
Laisse tomber ces mots : *J'en viens et j'y retourne ;*
Et puis, disant cela, lève les mains au ciel.

VENISE

Que de chants, de soupirs, en tes nuits, ô Venise !
Un murmure amoureux clapote sur tes eaux :
C'est le bruit étouffé de la rame qui brise
Le flot calme et dormeur dans le lit des canaux.

C'est un écho lointain de douce barcarolle,
Un indiscret écho qui vient nous enchanter,
Un écho envolé du sein de la gondole
Où deux voix et deux cœurs se marient pour chanter.

Entendez-vous la guitare et la mandoline ?...
C'est quelque sérénade au pied d'un noir balcon ;
Le chanteur fait vibrer les notes en sourdine,
Dans l'ombre son œil luit comme l'œil du faucon.

Tout est extase, oubli, poésie et mystère,
C'est l'heure du plaisir, l'heure où brûlent d'amour
Le baiser qui sait vaincre et l'amant qui sait plaire,
L'heure où le cœur charmé se livre sans retour.

LE PORTRAIT

I

Portrait charmant, image de ma bien-aimée,
Quels doux rayons d'espoir dans mon âme charmée
Ta présence a fait luire, et quels rêves d'amour
Sont venus consoler les regrets de mes jours !
Il me semblait te voir toi-même belle et pure,
Devant moi souriante, entendre le murmure
De ta bouche où montait l'ivresse de ton cœur...
J'écoutais, immobile, en extase, rêveur,

J'étreignais dans mes mains mon front brûlant de fièvre,
Et je sentais ton nom qui venait à ma lèvre.
Dans un flot de pensées vagues, sans horizon,
Je noyais mon regard, j'absorbais ma raison.
Silencieux, muet, je restais là. Dans l'ombre,
Autour de moi volaient des visions sans nombre ;
Je retenais mon souffle inquiet, redoutant
De voir s'effaroucher ces esprits bienfaisants.
Je t'aurais contemplée une journée entière,
Avec la même ardeur d'extase et de prière,
Sans un autre désir que celui de te voir,
Et de te voir encore, et toujours, jusqu'au soir.

Par instants, cependant, je devenais plus triste ;
De mes plaisirs passés je revoyais la liste
Lentement sous mes yeux se dérouler ; et puis,
C'était comme un dégoût que dire je ne puis,
Comme un flot grossissant de pleurs et d'amertume,
Comme une onde troublée, comme une épaisse écume,
Comme un orage au sein des sentiments secrets,
Qui mêlait en mon cœur souvenirs et regrets.
Un désespoir caché, une intime souffrance
Dans sa lave brûlante étouffait l'espérance ;
De l'absence c'était l'insurmontable ennui
Qui tout autour de moi me faisait voir la nuit ;
C'était ce beau portrait, c'était ta chère image,
Qui me disait tout bas ta beauté, ton courage,
Ton amour, ta constance, et puis qui me disait
Ma solitude, hélas !... et mon cœur se brisait !

Mais, après les éclairs et la foudre qui gronde,
Les orages du cœur,
Pareils à ceux de l'air, ont la pluie qui féconde
Et donne la fraîcheur.

Larmes, douces rosées que sur les champs arides
Du travail et des maux, des douleurs, du labeur,
Sur les sillons ingrats de notre peine avides,
Le cœur humain répand et mêle à nos sueurs ;

Larmes, douces rosées, en mon âme brûlante
D'un tourment passager,
De la source sacrée quelle onde bienfaisante
Vous laissâtes tomber !

Comme la fleur d'été desséchée par l'orage
A soif d'un air plus doux et de l'eau du nuage,
Comme elle redevient belle et forte à nouveau,
Et brillante et parée, quand elle a bu cette eau,
Ainsi mon âme ardente, altérée de mes larmes,
Aspira cette pluie, et sentit ses alarmes
Se calmer peu à peu, puis bientôt s'endormir.
Une sérénité douce qui sait guérir
Les blessures qu'au cœur un grand amour a faites,
Comme la nuit épand le sommeil sur nos têtes,
Épandit sur mes maux son baume consolant.
Loin de moi j'aperçus, en hâte s'envolant,
L'essaim des noirs soucis et des sombres pensées ;
Comme d'un songe affreux, des douleurs insensées

Qui depuis quelque temps torturaient mon esprit,
Je me sentis enfin délivré. Plus de cris,
Plus de dégoût amer, de plaintes à la vie,
Plus rien, dans cette paix de mon âme ravie,

Qu'un rêve parfumé d'amour et de bonheur,
De toute poésie vivifiant la fleur,
Et caressant, ainsi que l'haleine si pure
De la brise du soir au sein de la nature.

Puis bientôt j'entendis descendre et revenir
Près de moi, souriant, l'Ange du souvenir.
Cette fois, rayonnait sur son pâle visage
Une sereine joie, un céleste présage ;
Les yeux au ciel, penché sur mon épaule, il mit
Une main dans ma main, l'autre à mon front, et dit :

II

« De vos amours, enfants, que belle fut l'aurore,
« Et beau le jour qui vit votre bonheur éclore,
« Comme une fleur au sein magnifique et vermeil
« S'ouvre au printemps, et s'ouvre aux rayons du soleil !
« Vous aviez toute foi, toute croyance encore ;
« Le même rêve ami dorait votre sommeil.

« Depuis bientôt quatre ans, le désir de ton âme,
« C'était elle. Elle avait les grands yeux pleins de flamme,
« Elle avait la beauté, la grâce avec l'esprit,

« Et le culte divin de l'art était écrit.
« Sur son front large et pur. C'était bien cette femme
« Comme tu la rêvais, dont tu t'étais épris.

« Chacun n'avait pour elle et sa belle jeunesse
« Que des mots tout d'amour, des pensées de tendresse,
« Des flatteries, des compliments, des vérités,
« Des adorations, des bravos mérités ;
« Elle leur souriait, la douce enchanteresse,
« Indifférente à ces hommages tant vantés.

« Car elle avait l'esprit qu'il fallait pour comprendre
« Toute la vanité de l'encens, et n'attendre
« De ces mille propos au son doux et charmant,
« Aucun plaisir vulgaire, aucun vil sentiment
« D'orgueil, de vanité ; elle ne laissait prendre
« A cette glu ni son grand cœur, ni son talent.

« Sa voix lui fut un don du dieu de la musique,
« Sa voix plaintive et chaste ainsi qu'un saint cantique,
« Douce comme un soupir de brise au sein des nuits,
« Enflammée comme un jour d'orage où l'éclair luit,
« Passionnée, vibrante, ou bien mélancolique,
« Capricieuse, errante, comme une eau qui fuit.

« En son âme chantait la divine harmonie,
« De l'extase de l'ange et des pleurs du génie
« Fille chaste et sacrée, vierge enfant de l'amour,
« De l'hymen de la terre et du divin séjour,

« Du pauvre cœur humain saignant son agonie,
« Et du rêve d'espoir qui le brûle toujours.

« En elle tout était harmonie; sa parole
« Était comme un parfum qui sur la lèvre vole;
« Son esprit, son visage, et son âme, et son cœur,
« Étaient nés d'un sourire du Dieu créateur,
« Étaient le magnifique et terrestre symbole
« De l'idéal, beauté des anges du Seigneur.

« Du jour où tu la vis, tu ne vis qu'elle au monde.
« Tout hésitant, tremblant d'une angoisse profonde,
« Tu vins vers elle et lui demandas de t'aimer;
« Elle t'aima, ton rêve avait su la charmer;
« En projets d'avenir ta jeunesse féconde
« Lui fit croire au bonheur dans le premier baiser.

« Jamais, venant de toi, ne parvint jusqu'à elle
« Du compliment banal la redite éternelle;
« Tu ne donnas jamais l'éloge à sa beauté,
« Et tu fus pour cela toujours d'elle écouté.
« J'aime, lui disais-tu, ton âme qui est belle
« Et renferme un trésor de vertus, de bonté. »

« Oh! c'est le seul amour qui soit vrai et sincère,
« Le seul qui soit durable et soit grand sur la terre,
« Le seul dont le parfum soit agréable au Ciel,
« Celui qui méprisant le corps, lien mortel,
« Est fait de l'harmonie, de la fusion entière
« De deux cœurs, de deux âmes, devant l'Éternel.

« Ces amours sont aimés de Dieu qui les protège
« Et ne veut pas qu'un jour le malheur les assiège ;
« Aimez-vous donc sans crainte, et soyez confiants ;
« Soyez pleins de courage, et songez que les ans
« Donnent les gais soleils avant les jours de neige,
« Riez à l'avenir, car vous avez vingt ans ! »

III

L'Ange, à ces mots, se tut et déploya ses ailes ;
  Mais, dès ce moment en mon cœur
Un tout-puissant espoir jeta les étincelles
  De l'aurore des jours meilleurs.

Quand la nuit vient, et la rêverie avec elle,
  Ton portrait est là devant moi,
Car il sait consoler de l'absence cruelle,
  En me parlant toujours de toi.

SONNET

En égarant mes pas au pied de la colline,
Chaque soir j'écoutais l'harmonieux concert
D'un nid de rossignols joyeux dans l'aubépine...
Les petits sont partis, il est muet et désert.
Hier, sur le bord du nid, sur la branche voisine,
Ils chantaient, en rêvant de s'élever dans l'air ;

Maintenant aux bosquets lointains leur voix décline...
Et le nid reste vide et triste, au buisson vert !

Et ce nid, de mon cœur est l'image fidèle :
Hier les chansons d'amour y essayaient leur aile ;
Comme les rossignols qui volent à la fleur,

Elles ont pris l'essor vers toi, mon espérance ;
Pour repeupler mon cœur et son jeune silence,
Ma blonde, donne-moi les oiseaux de ton cœur.

« Aimez bien votre femme ; elle est bonne et jolie.
« C'est encore ici-bas la plus sage folie. »

Alfred DE MUSSET.

I

« Viens, ami, l'air est doux ; l'odeur des foins embaume
« La paisible vallée où sous les toits de chaume
« Le laboureur lassé par le travail s'endort.
« Les grands bœufs fatigués du joug et de l'effort
« Sont couchés dans l'étable, et le vieux chien fidèle,
« Quand à sa vigilance une voix se révèle,
« Aux sonores échos jette de temps en temps
« Les notes prolongées de ses longs hurlements.

« C'est l'heure où la nature est douce et recueillie.
« La nuit descend des cieux, et la clarté pâlie

« De l'astre aux blancs rayons derrière les coteaux

« Se lève, et va mirer son front pur dans les eaux.

« Le flot sur les rochers bat et palpite à peine :

« Les vagues de la mer et les champs de la plaine,

« Assoupis mollement dans un léger sommeil,

« Attendent de demain l'aurore et le soleil.

« Le sillon déjà s'ouvre aux pleurs de la rosée ;

« Des humaines sueurs tout le jour arrosée,

« La terre avec amour boit ce bienfait des cieux.

« L'azur est transparent ; tout est silencieux ;

« Viens, ami, mets ton bras sur mon bras ; gagnons vite

« Ce sentier fleuri que jamais vent n'agite,

« Qui serpente au milieu des grands chênes moussus,

« S'accroche aux saillies, monte à la roche. Au-dessus,

« Le grand ciel lumineux, pavillon bleu, immense ;

« Au bas, le flot qui meurt sur la grève, et balance

« La barque sur le flanc couchée. Et puis là-bas,

« Là-bas, dans le lointain que l'œil ne connaît pas,

« L'étendue sans limite, et le ciel qui joint l'onde,

« L'infini étreignant dans l'extase profonde

« Notre âme humiliée devant tant de grandeur,

« Agenouillée devant la divine splendeur.

.   .   .   .

.   .   .   .

« Nous voici parvenus bientôt en cette place

« Qui des indifférents ne porte point la trace.

« Nul n'a jamais ici, à cette heure, en ces lieux,

« Pu se défendre au moins d'un sentiment pieux ;

« Tant la nature abonde en beautés variées,

« En aspects enchanteurs ; tant sont multipliées

« Les grâces du silence, et de l'ombre, et des nuits,

« Tant absorbe et dissout nos moroses ennuis

« Le spectacle, toujours grand et toujours sublime,

« Du ciel où le néant de notre sphère infime

« Roule pendant les siècles dans l'immensité ,

« Du ciel où va le rêve de l'humanité,

« De la terre où nos pas ont de lourdes entraves,

« Où nos bras et nos cœurs ont des chaînes d'esclaves,

« De l'Océan qui dort en son lit, et pourrait

« Noyer nos continents, si son Dieu le voulait.

« Tu ne me réponds pas, ami, que veux-tu dire

« Avec ce froid regard et ce vague sourire ,

« Signes d'indifférence ou même de dédain ?

« Ton œil distrait ne voit ni les fleurs du chemin,

« Ni l'infini rempli par le divin mystère

« De l'espace et de l'étendue. Pourquoi te taire,

« Quand tout, autour de nous, nous donne pour parler

« Plus de pensées que de mots pour les exprimer ?

« L'émotion a-t-elle en ton âme ravie

« Suspendu quelque temps la pensée et la vie ?...

« Parfois l'extase en nous met un rayon de Dieu...

« Tu ne me comprends pas, tu détournes les yeux.

« Mais lève donc ces yeux vers le ciel plein d'étoiles !

« Vois-tu la belle nuit sereine sous ses voiles,

« Nuit amoureuse et pure en ses molles langueurs,

« Qui berce les oiseaux dans les parfums des fleurs?

« Entends-tu ces chansons dans l'ombre et le feuillage,

« Cette douce harmonie des flots sur le rivage,

« De la brise dans l'air, de l'amour dans le cœur,

« Dans l'immense concert hymne cher au Seigneur?

« Vois-tu le beau tapis de verdure qui penche,

« Vois-tu le joyeux nid suspendu à la branche?

« Entends-tu, plus perlée que des sons de hautbois,

« La folle mélodie du *Bulbul* de nos bois?

« Ne sens-tu pas en toi comme un écho fidèle

« Qui redise tout bas cette harmonie si belle,

« Ne sens-tu pas en toi la poésie chanter,

« Ne sens-tu pas vers toi comme un parfum monter,

« De ces mille parfums essence composée?

« Et nulle foi n'est-elle en ton cœur déposée?

« Ami, dis-moi pourquoi ton silence et ton air

« De raillerie sceptique?

                              « — En vérité, mon cher,

« Et je n'en suis pas peu surpris, tu me demandes

« Une profession de foi, c'est évident.

« Je serais cependant, avant que tu m'entendes,

« Curieux de savoir si, toujours souriant

« Comme aux beaux jours dorés de ta belle jeunesse,

« Tu conserves encor ta naïve tendresse,

« Tes élans enfantins d'amour, de charité.

« Ton cœur est-il toujours par le songe habité?

« Et n'as-tu donc rien vu, et fermes-tu les yeux,

« Et ne veux-tu rien voir? Et n'es-tu pas plus vieux
« Aujourd'hui, à trente ans, que dans l'adolescence?
« Homme, tu crois encore aux choses de l'enfance!...

« — Oui, je crois aujourd'hui à ce que j'ai cru hier,
« Seulement mon esprit est plus vaste, et moins fier.
« Je comprends mieux ce qu'est cette faiblesse humaine,
« Je sais ce qu'est la vie, sachant ce qu'est la peine;
« Je sais que bien souvent on mouille de ses pleurs
« Le pain qui doit nourrir le corps. J'ai par le cœur
« Beaucoup, beaucoup vécu; j'ai versé bien des larmes,
« Mais en moi j'ai toujours, comme de sûres armes
« Contre le vice et contre un désespoir fatal,
« L'amour du bien, l'amour du vrai, et l'idéal.
« Je comprends mieux aussi, si je sais davantage.
« De la religion qui berça mon jeune âge
« J'étudiai le dogme, et méditai longtemps
« Sur tous les dieux tombés au sombre oubli des temps.
« J'eus dès lors une foi plus sincère et plus vive,
« Ayant dit, en jetant toute erreur primitive,
« A la superstition un éternel adieu.
« J'épurai ma croyance, mais je crois en Dieu,
« A l'immortalité de l'âme, à la famille,
« A la patrie, au cœur pur de la jeune fille;
« J'ai le culte de tout ce qui fait l'homme grand,
« Le culte de l'amour. Je chéris mes enfants,
« J'aime mes vieux parents et ma douce compagne
« Dont la pensée partout me suit et m'accompagne,
« J'aime tout ce qui est l'image du bonheur,

« J'aime la vertu, même enfantant le malheur;

« J'aime la poésie écrite avec des larmes,

« J'aime aussi l'harmonie et ses célestes charmes,

« J'aime l'enthousiasme, et ne m'en défends pas,

« J'aime le dévoûment, les glorieux trépas;

« J'aime tout ce qui peut, sur la terre où nous sommes,

« Nous donner à nous tous, les jeunes gens, les hommes,

« Un peu de ce bonheur que nous rêvons parfait,

« De ce bonheur du Ciel, de ce bonheur qui naît

« De la sérénité d'une conscience pure,

« D'une vie de vertu selon notre nature

« Et selon les désirs de l'âme humaine.

                                        « — Eh bien!

« Moi qui te parle, ami, je ne crois plus à rien.

« Je ne crois plus à Dieu, je ne crois plus à l'âme,

« Au bien, à la vertu, à l'amour, à la femme,

« Je ne crois plus en moi; je doute de mon cœur,

« Et, déçu, je n'ai plus de foi dans le bonheur.

« Je n'ai que du dégoût et de la lassitude;

« Tout plaisir me devient amer, et toute étude

« De cet être débile appelé être humain,

« Un fardeau que je jette au tournant du chemin.

« J'ai vécu. Maintenant que s'en va ma jeunesse,

« Avec mes rêves d'or, illusions, ivresse,

« Mensonge et perfidie qui nous font à vingt ans

« Désirer l'avenir, et marcher confiants

« Vers l'obscur lendemain de cette vie amère,

« Maintenant que j'ai vu notre humaine misère,

« Et que j'ai mesuré toute la vanité
« De nos plus chers plaisirs, et que j'ai visité,
« Comme le voyageur de tout connaître avide,
« Les ruines entassées, dans notre monde aride,
« De ce monde du cœur aux multiples détours,
« Maintenant que je sais, et que j'ai fait le tour
« De nos peines et de nos joies, dans ma détresse,
« Je crie, avec l'accent d'une immense tristesse,
« Mon dégoût à tout être humain qui a vécu.
« Ma lèvre au fond du vase a trouvé l'amertume ;
« J'ai combattu longtemps, et je m'avoue vaincu ;
« Mais de ce monde ingrat la haine en moi s'allume.

« Quand ma jeunesse était en sa première fleur,
« J'avais voué ma vie à l'étude, au labeur ;
« Bientôt je délaissai et l'art et la science,
« Cette science qui sans cesse recommence
« Tous les travaux de tant de siècles écoulés,
« Ignorant à la fois sa fin et son principe,
« L'art, dans tous les débris des peuples écroulés
« Trouvant des chefs-d'œuvre, et cherchant qui l'émancipe.

« Plus tard, au tourbillon du monde des viveurs
« J'ai jeté mon ennui, mon espoir et mon cœur.
« Je m'étourdis d'une gaîté folle et bruyante,
« D'un délire amoureux, d'une fièvre incessante.
« Ah ! l'orgie et l'ivresse, et les soupers de nuit !
« L'infernal tourbillon de lumière et de bruit,
« De fièvre, de plaisir, de chansons, de folies,

« Les seins nus et brûlants de nos femmes jolies,
« Les rires tapageurs, les cris jusqu'au matin,
« Le luxe somptueux du splendide festin,
« Les vins coulant à flots dans le cristal limpide,
« Et les baisers donnés par une lèvre humide !...
« Comme tout cela est bien fait pour rendre fou,
« Pour enivrer les sens, et pour enivrer l'âme,
« Pour enflammer des feux d'un féminin bijou
« Ces têtes de vingt ans sur qui règne la femme !
« Moi, voulant tout connaître et voulant tout savoir,
« J'ai pris place à la table, et j'étais plein d'espoir,
« Et je bus comme tous une ardeur enivrante,
« Et j'épuisai la coupe en mes mains chancelante ;
« Mais mon cœur resta plein d'un superbe dégoût.
« Je jouai ; je perdis mon argent, voilà tout !
« Puis je voulus chercher dans l'amour platonique
« Quelque réalité d'un bonheur chimérique ;
« Je ne trouvai rien là de ce que j'y cherchai.
« J'essayai de la gloire et des honneurs ; j'en ai.
« Malgré cela, mon cœur toujours reste aussi vide.
« Tout m'a menti ; et quand moi, naïf et stupide,
« J'aimais d'un amour vrai, sincère et confiant,
« On m'a trompé, on m'a joué comme un enfant.
« L'amour est un mensonge, et tout n'est que mensonge !
« Si l'homme croit un jour, ce n'est qu'à quelque songe.
« Notre vie n'est que sombre nuit et que sommeil,
« Et ce sommeil de plomb n'aura point de réveil.
« Tout ment dans notre cœur et dans ce monde infâme ;
« Les désirs de nos sens, les rêves de notre âme,

« Jamais un seul instant ne se voient satisfaits ;

« Et Dieu n'existe pas, et rien du Ciel n'est vrai,

« Rien n'est beau, rien n'est pur, rien n'est grand, rien n'est noble,

« Rien ne vit à nos yeux qui ne soit faux, ignoble ;

« Et moi j'en ai assez, et j'en ai trop. Je veux,

« Un de ces jours, sentant mon cœur plus malheureux,

« Demander à la mort un remède suprême ;

« J'ai hâte d'en finir avec ce mal extrême !

« — Et tu en viens enfin au suicide. Insensé !

« Tu veux mourir ; eh bien ! as-tu jamais pensé,

« As-tu jamais songé aux joies de la famille,

« Au paisible foyer où vient la jeune fille,

« Douce vierge au front pur, près de l'homme s'asseoir,

« Lorsque désabusé du plaisir, un beau soir,

« Il se sent dans le cœur un grand besoin sincère

« D'une affection vraie, et non plus éphémère

« Comme ces liaisons, ces passions d'un jour

« Qui ne donnent jamais, et durant leur séjour,

« Qu'une fièvre factice et qu'un bonheur volage.

« Tu veux mourir, tu dis que tu sais à ton âge

« Le fond de toute chose, et que tu connais trop

« Tout ce qui fait pleurer et tout ce qui fait rire

« Les rhéteurs et les fous, les sages et les sots.

« Ta science de tout, mon cher, me fait sourire.

« Tu connais tout, sais tout, et tu méprises tout,

« Mais hormis une chose, et qui de ton dégoût

« Ne peut être salie ; et cette chose sainte,

« C'est le bonheur de la famille. Oh ! pas de plainte,

« Et pas de cris amers, et pas d'impiété,

« Quand de ce bonheur-là devant toi l'on exalte

« La douceur consolante et la sérénité !

« Cesse tes railleries. Assieds-toi, et fais halte

« En ce point de la vie où ton âge est venu ;

« Au lieu de regarder, en vieillard, par derrière,

« Regarde devant toi. A moitié parvenu

« Du chemin que tu dois fournir dans la carrière,

« Ne t'endors pas, disant : « Pour moi, j'en ai assez ! »

« Ne donne pas ainsi à tous ceux qui de près

« Te suivent en chantant, le pied plus jeune et leste,

« Du fatal désespoir un exemple funeste ;

« Suis ceux qui vont devant, ceux qui sont tes aînés,

« Qui mènent par la main de tendres nouveaux-nés.

« Fais ce qu'a fait ton père, et son père, et mon père ;

« Pour partager ta joie, consoler ta misère,

« Choisis une compagne au cœur plein de vertu,

« Que tu aimes d'amour, et qui t'aime de même,

« Qui soit sans tache, ainsi qu'au jour de son baptème,

« Et digne d'être mère. — Ah ! souvent, diras-tu,

« Il arrive que dans ces liens du mariage

« On trouve le malheur. Votre femme est volage,

« Elle vous trompe ; et sur cette infidélité,

« Regrettant le beau temps de votre liberté,

« Seul au foyer désert, vous pleurez bien des larmes ;

« Là même où vous croyiez goûter les divins charmes

« D'un amour assuré du bonheur de demain ,

« Vous ne trouvez que honte, amertume et chagrin.

« Parfois peut-être et trop souvent, je le confesse,

« Cela s'est vu, se voit, s'avoue avec tristesse.

« Mais cherche donc, ami, les causes de ce mal.

« Si quelques-uns sont pris d'un chagrin infernal

« Au sein des noirs soucis qui hantent leur demeure,

« C'est qu'au pied de l'autel et devant Dieu, à l'heure

« Où ils ont fait serment d'amour fidèle, hélas !

« Ils n'étaient pas aimés, ou bien ils n'aimaient pas.

« Aime donc, sois aimé, sois heureux en ménage !...

« Tente encor cette épreuve, et dans le mariage

« Cherche enfin le bonheur une dernière fois ;

« Goûte au plus pur amour qui puisse être, ou tais-toi !

« — Peut-être as-tu raison, peut-être es-tu plus sage !

« J'ignore en cette vie quelque chose, en effet.

« Peut-être est-ce un beau jour, peut-être est-ce un orage ?

« De mon bonheur rêvé serait-ce un doux reflet ? »

II

Depuis lors bien des jours ont passé, et rapides
Comme un essor d'oiseau, comme les flots limpides.
Les deux amis, d'abord par les événements
Sans cesse l'un de l'autre éloignés quelque temps,
Ont entendu enfin du revoir sonner l'heure.
Cet entretien sans doute avait porté des fruits ;
Car maintenant jamais un mot amer n'effleure
Les lèvres de celui dont jadis les ennuis
Et les déceptions avaient égaré l'âme.
Il a fait comme font beaucoup : il a pris femme.

De dégoût de la vie, de sombre désespoir,
Il n'en est plus question. Au coin du feu, le soir,
Il berce un chérubin vermeil comme une rose,
Doucement sur sa joue un baiser il dépose,
Regarde sa compagne assise auprès de lui,
Et dit : « De mon bonheur enfin l'aurore a lui ! »
Il voit le beau ciel bleu dans l'œil du petit ange,
Il est aimé, il se nourrit d'affeétion,
Et, fier de cet hymen qui pour jamais le change,
Il chante de son cœur la résurreétion.

III

Le bonheur dans le mariage !...
Il en est certains qui riront ;
L'histoire, qui est de tout âge,
Prouvera bien s'ils ont raison.

« C'est vulgaire et c'est prosaïque, »
Disent les héros de roman ;
Pourtant, rien de plus historique,
De plus vieux, de plus innocent.

Si cet hymen est une chaîne,
C'est chaîne légère à porter ;
Si les maris sont gens de peine,
Ils font un assez bon métier ;

Et quoi qu'on dise, et quoi qu'on fasse,
Le mariage encor longtemps
Sera la charmante préface
De l'enfance de nos enfants.

Se marier, aimer sa femme,
En être aimé (point capital),
Faire des enfants, sur mon âme,
Je trouve que c'est très moral.

Le bonheur dans le mariage !...
Il en est aussi qui diront :
« A tout prendre, c'est le plus sage,
« C'est ce que j'ai fait, et c'est bon. »

Beaucoup de gens, railleurs sceptiques,
Qui dans le temps n'y croyaient pas,
Sont des maris très authentiques
A l'heure où je vous dis cela ;

Et je vous assure que même
Ils s'en trouvent tout à fait bien ;
Cette chaîne que chacun aime,
Ils ne la changeraient pour rien.

Vive la joie de la famille !
Il est si doux d'être papa,
De gronder Bébé qui babille
En mettant son doigt dans le plat !

Et puis on devient vieux grand-père,
On a les honneurs du repas ;
Et l'on bourre sa tabatière
De pastilles de chocolat.

. . . .

. . . .

Vous qui souffrez de peine amère,
Ne connaissant que le plaisir,
Soyez époux, et... soyez père,
Puis, après, vous pourrez mourir.

Et vous, ventrus célibataires,
Soignez vos petits maux secrets ;
Vous n'êtes que retardataires,
Allons, mieux vaut tard que jamais !

Enfin, vous qui jusqu'à l'aurore
Vous grisez de baisers payés,
Vous qui riez, riez encore...
Mais rira bien qui rira le dernier !

SOLEIL !

O lux !

Soleil, astre des cieux, Soleil, astre du monde,
Verse, verse à grands flots ta flamme sur mon front ;

J'ai besoin de sentir la caresse féconde
Du feu de ta lumière et de tes chauds rayons !

Une douleur immense a glacé tout mon être ;
Brille, viens rallumer dans mon cœur engourdi
Le sentiment de vie et l'humain désir d'être,
Le battement du sang plus lent et refroidi.

J'ai besoin de livrer mon âme à ton empire,
Et de m'anéantir au sein de tes ardeurs ;
Brûle, consume-moi, dévore, absorbe, aspire,
Évapore la source amère de mes pleurs.

Que mes sens, que mon cœur, mon âme en toi s'exhalent,
Que mes yeux éblouis de toi, roi sans pareil,
Ouverts sous les splendeurs que tes rayons étalent,
Ne se ferment qu'au jour de ta flamme, ô Soleil !

CHATEAU, CHAMBRETTE & MANSARDE

Mediocritas.

I

« Le beau château, seigneur, riant sous les ombrages,
« Le beau parc tout rempli d'harmonieux ramages,
        « Les frais et verts bosquets,

« La rêverie dormant sous les sombres charmilles,
« Et les essaims bruyants de blondes jeunes filles
    « Voltigeant par les prés !

« Les superbes coursiers piaffant dans les allées,
« Les carrosses dorés, à travers les feuillées
    « Passant et repassant,
« Abandonnant au vent les longs éclats de rire,
« Les chansons, les refrains des têtes en délire,
    « Et les propos galants !

« Et les meutes, les chiens aboyant dans les chasses,
« Les piqueurs au galop franchissant les espaces,
    « Les sons tremblants du cor,
« Le cerf surpris au bord des paisibles fontaines,
« Bondissant à travers les coteaux et les plaines,
    « Sous un pur soleil d'or !

« A l'heure de la nuit, les lentes promenades
« Sur le bord des ruisseaux, des lacs et des cascades,
    « Et les fêtes sur l'eau,
« Le murmure confus et discret des gondoles
« Sans bruit glissant sous les clartés des girandoles,
    « Et bercées par le flot !

« Et les vastes salons somptueux ; et les salles
« Aux lambris recouverts d'armures féodales,
    « Du blason des aïeux,
« Les escabeaux massifs, et les tables de chêne

« Où les soldats vainqueurs du vaillant capitaine
        « Jadis soupaient joyeux !

« Et les boudoirs tendus de velours et de soie,
« De satin, où l'azur du jour vermeil flamboie,
        « L'étoffe de Damas,
« Et les tapis de Perse, et les fines dentelles,
« Et les diamants jetant de vives étincelles
        « Au lumineux éclat !

« Les riches profusions d'un luxe asiatique,
« L'or, l'argent ciselés, et la sculpture antique
        « Au front des vieux bahuts ;
« Les parfums d'Arabie brûlant aux cassolettes,
« Pour enivrer le cœur de vos belles coquettes
        « Aux seins roses et nus !

« Et les bals, tourbillons de bruit et de lumière,
« Les éblouissements de l'ardente paupière,
        « Sous les tièdes rayons
« Des lustres enflammés et des yeux pleins d'ivresse,
« La valse et le plaisir, l'amour et la jeunesse,
        « Illuminant les fronts !

« Et les belles amours fières et poétiques,
« Écloses dans les fleurs et les charmes mystiques
        « De toutes ces grandeurs,
« De toutes ces beautés, de toutes ces richesses,
« Et de tous ces plaisirs, de toutes ces noblesses,
        « Et de tous ces bonheurs !

« Beau seigneur chevauchant sur le coursier rapide,
« Au rendez-vous secret où votre cœur vous guide
      « Volez au grand galop!
« Moi, j'envie votre sort, vos joies, votre fortune,
« Votre château, vos parcs, et vos lacs à l'eau brune,
      « Et je dis : Pour un seul, c'est trop ! »

II

Oui, je disais cela en un jour de tristesse
Où mon âme égarée loin de la vérité,
Dans la médiocrité enviant la richesse,
Oubliait pour tous ces faux biens la charité.

Je trouvai, en rentrant, morose ma chambrette,
Puis indignes de moi ces murs si peu garnis ;
J'en vins à mépriser la pauvre maisonnette
Où ma mère et mon père avaient aimé leur fils.

Sur les rayons poudreux de ma bibliothèque,
Sur ces livres chéris que j'adorais hier,
Sur ces nobles écrits que le penseur dissèque,
Mon regard tomba froid, dédaigneux et fier !

Ma table de travail, de labeur et d'étude,
Me parut pour moi faite d'un bois trop grossier ;
Autour de moi je crus trouver la solitude :
Ma belle me tendait sa lèvre en un baiser !

Interrogeant Celui qui donne, sur ce monde,
Pour les mêmes cœurs d'homme un sort si différent,
Je sentis en moi-même une angoisse profonde,
Et je maudis la vie ingrate si souvent.

Mon sommeil, ce soir-là, par des rêves pénibles
Fut agité longtemps; et l'envie, tout le jour,
Implacable, troubla de spectres invisibles
Le calme et la gaîté qui me charmaient toujours.

III

Le lendemain je vis un étrange spectacle.
Au haut d'un escalier vermoulu et fangeux,
Où le pied rencontrait souvent plus d'un obstacle,
Le hasard m'amena, un hasard bienheureux.
Sous le toit chancelant d'une sombre mansarde
Qu'à travers mainte fente et par mainte lézarde
Le vent des nuits sans cesse en sifflant traversait,
Une pauvre famille habitait et vivait.
Une table, un grabat où dormait, être frêle,
Un nouveau-né; jetés çà et là, pêle-mêle,
Des hardes, des lambeaux d'étoffes, des haillons,
Un coffre vide, un feu sans chaleur, sans rayons,
La misère partout évidente et sensible,
De ce pauvre logis voilà l'aspect horrible!
Dans le coin le plus sombre, une femme, ô pitié!
Une femme entourée de la sainte amitié

De trois petits enfants caressants, une mère
Jeune encor, mais aux traits flétris par la misère,
Qui jette sur eux tous d'indicibles regards
D'angoisse et de tristesse ; elle a les yeux hagards,
Ses petits affamés demandent du pain. Elle,
Les pressant tour à tour sur sa froide mamelle,
Ne peut que les baiser et les mouiller de pleurs,
Puis supplier le Ciel d'éloigner leurs douleurs !

Cet enfant qui dort là sur ce grabat fragile,
Va-t-il donc du berceau à la tombe d'argile
Passer ainsi sans vivre, et sans avoir le temps
De consoler sa mère, et de l'aimer? Enfant,
Qui de son sein flétri, depuis huit jours à peine,
Es né, pauvre innocent, de l'existence humaine
Ignorant à jamais, vas-tu donc t'en aller,
Faute, pour exister, d'une goutte de lait?
Elle est là qui te voit, qui t'entend, et qui pleure,
La mère infortunée, dans la triste demeure ;
Elle voit ta souffrance, et ne peut te nourrir,
Elle sent ton besoin, et ne peut que gémir.
Elle voudrait pouvoir mendier la pâture
Nécessaire à vous tous, petits sans nourriture ;
Mais si faible est son pied qu'elle ne peut marcher.
La douleur cloue son corps à cet affreux plancher
Où sa jeune couvée crie et pleure autour d'elle.
Le secours viendra-t-il? Quand la mort viendra-t-elle?
O désespoir terrible ! ô sublime douleur
De ce cœur maternel brisé par le malheur !

IV

Cette fois, en rentrant chez moi, je souris d'aise
En voyant le foyer plein d'une ardente braise
  Allumée par mes mains,
Et puis, en comparant mon intérieur modeste
A ce grenier sans feu où la faim, mal funeste,
  Vient torturer des cœurs humains.

Ma première pensée fut pour cette misère,
Ma première pensée, ma première prière,
  Et mon amour aussi ;
Et je les secourus de toute ma puissance,
Avec quelque monnaie, puis avec l'espérance ;
  Dieu soit loué, j'ai réussi !

Oui, de la charité j'ai goûté les joies pures,
De leurs lèvres blêmies j'entendis les murmures
  Pour moi monter à Dieu ;
Leurs cœurs sont généreux, et pour moi ils implorent
Ce Dieu qui m'a conduit et que les bons adorent ;
  Au Malheur ils ont dit adieu.

J'ai rempli mon devoir, et j'ai l'âme ravie ;
Et je vois le néant des faux biens qu'on envie,
  Qu'on regrette toujours,
Maintenant que la joie d'une larme essuyée
A fait briller au sein de ma vie ennuyée
  Un bonheur serein en mes jours.

V

Je n'ai fait que remplir un devoir positif.
La charité n'est point devoir *facultatif*
Comme on peut, trop souvent certes, l'entendre dire ;
Charité ainsi que justice est un devoir,
Devoir impérieux ; et l'on devrait maudire
Quiconque a négligé l'un ou l'autre un seul soir !
Oh ! je n'envie plus rien de ce qui vous fait riches,
Hommes dont la demeure est un brillant palais,
Non, rien de vos châteaux, de vos champs, de vos friches,
Rien..., sinon de pouvoir semer plus de bontés.
C'est tout ce que j'envie de toute la richesse
Qui peut sauver votre âme, et qui peut la damner,
Selon que vous faites l'aumône avec largesse,
Ou bien que votre main avare sait garder
Vos immenses trésors en coupable égoïste,
Trésors que la bonté peut seule sanctifier.
Je ne vous envie plus, et je ne suis plus triste
En vous voyant, dans vos plaisirs multipliés,
Riches, vous enivrer. Je suis devenu sage,
Je me suis avec soin fait un ample bagage
De toutes les vertus qui rendent l'homme heureux ;
Je goûte les plaisirs que dans mon cœur je peux
Trouver toujours. « *Contentement passe richesse.* »
Avant tout je veux donc ne jamais désirer
Que les plaisirs pouvant égayer ma jeunesse,
Sans qu'il m'en coûte, après, ou remords ou regrets.

Et quand je suis content, ma fortune est immense!...
Mon cœur qui n'est fermé jamais à l'espérance
Est un trésor d'amour qui, toujours généreux,
N'est jamais épuisé; tandis que, dans vos jeux,
Le dégoût vient enfin, après l'ardente ivresse,
Chasser de votre cœur toute douce tendresse.
J'aime, je suis aimé; et belle est ma maîtresse,
Et francs sont mes amis!.... Je suis en mon printemps,
Mais que vienne l'hiver..., sans crainte je l'attends;
Je vis selon mon cœur — et je m'endors content...

L'HIRONDELLE

Une hirondelle a fait son nid sous ma fenêtre,
Et je deviens joyeux quand je la vois paraître
    A travers mes rideaux,
Fendant l'air matinal de son essor rapide,
Bondissant ou glissant sur la brise limpide,
    Et rasant le miroir des eaux.

L'autre jour elle entra par la fenêtre ouverte,
Avec un blond rayon du soleil printanier;
Un instant elle erra dans la chambre déserte,
Et son aile effleura le bord de mon papier.

Je commençais alors un chant de poésie,
Sur Dieu, sur l'Infini j'interrogeais mon cœur,

La Muse préludait sur le luth d'harmonie,
Et ma pensée suivait sa généreuse ardeur.

Mais l'inspiration s'envola sur son aile ;
Je n'entendis plus rien palpiter sous mon front,
Qu'un air de rêverie douce ; et mon hirondelle
Revint heurter encor son vol à mon plafond.

J'ai déchiré l'ébauche à peine commencée
D'alexandrins pompeux, et j'ai dit : A quoi bon ?...
Puis j'ai laissé couler ma rêveuse pensée,
Comme une herbe flottant sur l'onde tout au long.

Puis j'ai revu, comme en un songe,
Le passé dans mes souvenirs ;
Mon cœur s'est bercé de mensonge,
Au reflet des jeunes plaisirs.

Ainsi qu'une fraîche rosée,
Ainsi qu'un enivrant parfum,
J'ai senti sur moi déposée
La mémoire du temps défunt.

« Mon Dieu, comme nous nous aimâmes,
« Ma brunette charmante et moi !
« Et quels soupirs, et quelles flammes !
« Quel bonheur, et quel doux émoi !

« Les beaux jours !... Et Mimi la blonde,
« La coquette au si petit pied,

« Corsage fin et jambe ronde,
« Je ne l'aimais pas à moitié !

« Les beaux jours !... Les beaux jours encore
« Que me réserve l'avenir !
« Je suis jeune et suis à l'aurore,
« Bientôt le midi va venir.

« Les beaux jours !... et les amours belles
« Du temps passé, du temps futur !...
« Volez, volez, mes hirondelles,
« Apportez-moi rêves d'azur. »

En rêvant, je me dis ces choses,
Je me sentais calme et content ;
Déjà plus de soucis moroses,
De feu dans le cerveau brûlant.

Messager béni d'espérance,
De poésie, de liberté,
Oiseau, reviens avec constance
Chaque matin m'apporter la gaîté !

Une hirondelle a fait son nid sous ma fenêtre,
Et je deviens joyeux quand je la vois paraître
          A travers mes rideaux,
Fendant l'air matinal de son essor rapide,
Bondissant ou glissant sur la brise limpide,
          Et rasant le miroir des eaux !...

A VÉSONE

—

Ceinture de coteaux de l'antique Vésone,
Rivière serpentant paisible dans les prés,
Frais vallons où l'écho pur et joyeux résonne,
Bois touffus pleins d'ombrage, et jardins diaprés ;

Allées de peupliers calmes et solitaires,
Sur le bord du flot lent dont la rive a des fleurs,
Poétiques allées aux amoureux mystères,
Où s'égarent les pas et s'entr'ouvrent les cœurs ;

Ruines d'un grand passé restées debout encore
Malgré tous les efforts du temps impétueux,
Malgré tous les affronts de ce temps qui dévore
Ce que les hommes ont de grand, de beau, d'heureux ;

Tour de Vésone, encor fière, montrant sa brèche,
Vieil édifice auguste, et d'un temple romain
Laissant, parmi ses murs que la vieillesse ébrèche,
Entrevoir le tableau et le culte païen ;

Grands châteaux balafrés, branlants, couverts de lierre,
Dont le passant rêveur contemple les débris,
Du siècle féodal vieille image de pierre,
Avec les noirs créneaux, les tours, les ponts-levis ;

Nature au sein fécond, verdoyantes campagnes
Où l'œil aime à bercer les regards enchantés,
Prairies, ravins, forêts, rivières et montagnes,
Dans un entassement d'inattendues beautés ;

Comme mon pied souvent foula votre poussière,
Comme ma main souvent cueillit vos belles fleurs !
Comme je me plongeai dans tes ondes, rivière !
Vallons, comme j'aimai vos sentiers rêveurs !

Comme souvent mon pied s'imprima sur la cendre
Que depuis tant d'années ont fait tes souvenirs,
O Vésone, et combien de fois j'ai cru entendre
La voix de ton passé, ô vent, dans tes soupirs !

Comme j'ai parcouru vos chemins de traverse,
A l'âge où l'innocence épèle en nous l'amour,
Où le cœur débordant d'illusions déverse
Son feu, comme un ruisseau son onde tout autour !

Je n'aimerai jamais avec toute mon âme,
Comme autrefois là-bas vous me vîtes aimer ;
Mes plaisirs ne sont plus ceux qu'épure la flamme
De ces illusions que j'ai vu s'envoler.

Oh ! que sont devenus mes espoirs et mes rêves,
Ces bonheurs mensongers, ces joies sans lendemain
Que j'ai semés chez vous dans ces heures si brèves
Où l'amour m'a versé son extase ? — Ils sont loin !

Et les premiers soupirs, et les premiers murmures
De mon cœur, de ma bouche essayant les doux mots!...
Vous avez entendu mes serments... mes parjures,
Puisque ces doux serments en moi n'ont plus d'échos!

N'importe! J'étais pur, j'étais naïf, sincère,
Vous avez entendu ma joie et mon bonheur;
Voyez mon repentir, et voyez ma misère :
En courant au plaisir, j'ai trouvé la douleur!

Oh! conservez toujours mon souvenir sans tache!
Ne mêlez pas mes pleurs à mes premiers beaux jours,
Effacez tout de moi, que la rafale arrache
Tout de moi.... excepté mes premières amours!

Neiges des froids hivers, soleil de l'air sans brise,
Pluies molles s'infiltrant en gouttes dans les corps,
Respectez nos deux noms gravés en lettre grise
Sur l'écorce du chêne et sur les rameaux morts!

Respectez les bosquets où de sa rêverie
Elle a versé en moi les parfums séducteurs!
Vous pouvez, vous pouvez de ma nouvelle vie
Détruire, aussitôt nés, tous les plaisirs flatteurs;

Mais respectez ces lieux où j'ai brûlé mon âme
Comme un encens d'amour au feu des encensoirs,
Que mai y voie germer un bienfaisant dictame,
Et que l'oiseau des nuits y chante tous les soirs!

Vous garderez toujours l'écho de ma tendresse,
O pays pour moi plein de souvenirs touchants ;
Les ans peuvent passer, et couler ma jeunesse,
Toujours ira mon cœur vers vous où vont ces chants.

A TRAVERS CHAMPS

—

Qu'il fait bon, le matin, errer par la campagne,
Et boire à pleins poumons la fraîcheur de l'air pur,
A cette heure où le jour, éclos sur la montagne,
Dans la plaine voilée par un brouillard obscur
N'est qu'une lueur pâle, opaque et indécise !...
Ce matin je partis de bonne heure. La brise
Sur les champs aplanis et à peine ondulés,
Jusqu'à perte de vue mollement déroulés,
Balançait des brouillards et des vapeurs grisâtres,
D'où les clochers lointains émergeaient. Quelques pâtres
Apparaissaient debout au milieu des troupeaux
Que les fidèles chiens guidaient hors des enclos ;
Deux ou trois laboureurs conduisaient la charrue
Sur la terre par eux chaque année parcourue ;
Près des jaunes paillers on voyait les vanneurs
Émiettant au vent les grains ; et les chasseurs,
L'œil au guet, poursuivant et cherchant une proie,
Faisaient gronder parfois leur arme qui flamboie.

Plus loin, je traversai des villages charmants,
Des hameaux tout cachés au beau milieu des champs
Par un bouquet d'ormeaux, frais oasis de verdure.
L'ombrage en est charmé par un léger murmure
Que font l'oiseau chanteur et l'insecte criard ;
La fleur sauvage éclose dans l'herbe, au hasard,
Y mêle ses parfums à la fraîcheur suave
Qui monte du lac pur où se mire et se lave
Le flexible rameau du saule sur le bord.
On s'arrête en ce lieu, enchanté dès l'abord.

> La ferme est éveillée,
> Du coq vibre le chant,
> La nuit s'est envolée,
> Et l'aube en frissonnant
> Secoue ses blanches ailes,
> Et sème d'étincelles
> Le brouillard matinal ;
> Devant les maisonnettes,
> Jasent quelques fillettes
> Au regard virginal.

> Les mioches, sur les portes,
> S'en vont, mêlant leurs jeux,
> Leurs bruyantes cohortes
> Et leurs rires joyeux.
> Là, quelques frais visages,
> Souriantes images,
> Animent ce portrait.

Elles sont court vêtues,
Et leurs poitrines nues
S'enflent sous le corset;

Elles roulent en tresses,
En longs replis soyeux,
Les ondes trop épaisses
De leurs luisants cheveux.
Peau plus tendre et plus fraîche
Qu'un velouté de pêche,
Seins fermes, arrondis,
Œil brillant de jeunesse,
Faisant mainte promesse,
Teint de rose et de lys;

Elles ont, les pauvrettes,
Ce que n'ont pas souvent
Précieuses coquettes
Sous leur rouge et leur blanc;
Elles ont la fraîcheur
Et la douce couleur
De la fleur de leurs bois;
Et leur beauté champêtre
A des attraits peut-être
Inconnus sous nos toits.

Plus loin, vieillards sans force,
Au front ridé, bruni
Comme une rude écorce,

Sur le sol mal uni
Ralentissant leur marche,
Soutiennent leur démarche
D'un long bâton noueux ;
Pour leur corps et leur âme
Ils vont cherchant la flamme
De l'astre-roi des cieux.

Dans ce hameau, depuis le jour de leur naissance,
Ces gens ont vu passer les jours qui les font vieux ;
Les jeunes bornent là toute leur existence,
Ils sont nés, ils vivront, ils mourront en ces lieux.

Toute leur vie est là, en ce cercle bornée,
Entre ces bois, ces prés, ces sillons et ces murs,
Ils vivent d'une vie de fourmi obstinée,
Sans jamais de l'esprit goûter les plaisirs purs.

Comme l'arbre puissant qui croît près de la route,
Ils ont là pris racine au sein profond du sol ;
Comme l'arbre, leur sève ils la puiseront toute
En ces champs qu'un regard embrasse dans son vol.

Chose étrange à penser, pour nous qui de la vie
Nous faisons une idée plus selon notre cœur,
Et qui plaçons plus haut nos désirs, notre envie,
Nos rêves, sans savoir si nous sommes meilleurs !

Chose étrange !... Ils sont là, peut-être une centaine,
Des hommes, des enfants, des femmes, des vieillards,

Tout le jour labourant, cueillant, semant la graine,
La nuit, dormant sans rêves d'or ni cauchemars.

Ils font l'amour lorsque le leur dit la nature,
Ils aiment, Dieu le veut, tout comme nous aimons;
Mais leur âme toujours est vile, inculte et dure;
Peut-être souffrent-ils tout comme nous souffrons...

Les fillettes en pleurs verront pour la bataille
Peut-être un jour partir leurs tendres fiancés;
Peut-être ils verseront, fauchés par la mitraille,
Leur sang pur pour l'honneur du grand drapeau français!

Peut-être ils tomberont, hélas! comme tant d'autres...
D'autres qui sont tombés, dans leur gloire, immortels,
De l'honneur, du devoir, purs et sanglants apôtres,
Martyrs à qui la France élève des autels!

Ils savent la nourrir, ils savent la défendre,
Cette France adorée; ils nous ont bien fait voir
Qu'un soldat-paysan toujours a su comprendre
La voix de la Patrie criant son désespoir!

Remercions ces bras laboureurs qui font vivre
Les cités, les palais, de leur travail ingrat;
Admirons tous les cœurs qui ne veulent survivre
A l'honneur du drapeau quand tonne le combat.

A MM. DAUVERGNE & ÉCORCE

Hommage respectueux.

Mes deux maîtres, le Sage et l'Artiste ! Souffrez
Que plein d'affection pour vous que j'ai quittés,
Quand le sort m'arracha de votre douce école,
Mon cœur laisse échapper ici quelque parole
Qui vous porte l'écho de mes chers souvenirs
Que n'ont pu effacer l'amour et les plaisirs.

Penseur au front serein ! Tête romaine et fière,
Sculptée par la vertu de son ciseau d'airain,
De qui la grâce attique, et la beauté sévère
Des enfants de Brutus peignirent le dessin !

Comme rayonne en vous la sublime pensée,
La pensée grave, austère, au magnifique essor !
Et comme brille en vous la langue cadencée
Du peuple de Minerve à l'auréole d'or !

Vous avez du Forum la brûlante éloquence,
Lorsque, jugeant César, vous élevez Caton ;
Et vous êtes si doux, si simple avec l'enfance,
Lorsque vous lui faites chercher Dieu dans Platon !

Amour de liberté, honneur, patriotisme,
Vous avez les vertus qui sont d'un citoyen,
Et, du devoir toujours suivant le catéchisme,
Vous avez d'être heureux trouvé le vrai moyen.

Vous avez le savoir que vous donna l'étude,
Vous avez la bonté qui vous donne les cœurs,
Vous vivez sans soupçon et sans inquiétude,
Parfait modèle à tous de sagesse et d'honneur.

La chaste modestie dérobe sous son voile
Tous les trésors de Dieu que vous avez en vous,
Mais vite à tous les yeux la sympathie dévoile
Ce que votre cœur a de sublime et de doux.

      Et vous, l'artiste à l'œil de flamme,
      Au front brûlant de fièvre, à l'âme
      Belle de célestes rayons,
      A l'âme enflammée et vibrante,
      Pleine d'amour et de chansons,
      A la main nerveuse et charmante
      Sur les cordes de l'instrument ;
      Artiste au magique talent !...

      Je sentais déborder l'extase
      Comme un flot du trop-plein d'un vase,
      En moi, quand sur le violon
        L'archet, de votre pensée

Dans l'infini élancée,
Rêveur faisait pleurer le son.
Quelle puissance et quelle flamme,
Quel *brasero*, maître, en votre âme !

Artiste, le dieu d'harmonie
A versé sur votre génie
Le parfum pur, mystérieux,
Qui donne la joyeuse ivresse,
Ou qui met des pleurs dans les yeux.
A vous les bravos, la tendresse,
Les couronnes de toute part ;
Vous êtes un élu de l'art.

Combien de fois jadis ai-je pu vous entendre,
Vous entendre, vous voir, tous les deux, et comprendre
Au son de vos paroles, de votre harmonie,
Tout le charme enchanteur de votre beau génie !
Ces souvenirs sont là toujours à ma pensée
Présents, et bienfaisants comme une onde embaumée.
Puissé-je vous revoir, maîtres de mon enfance,
Pour vous dire à tous les deux ma reconnaissance,
Puissé-je vous revoir longtemps, pour vous aimer,
Et vous entendre encor, pour mieux vous imiter !

Immaculée Conception.

De quel nom t'invoquer,
Muse amie, ange ou femme,
Rêve qui sais donner
L'extase à ma pauvre âme?

Quand je te vois passer légère,
Gaie, souriante et printanière,
Dans mes rêves d'or et d'azur,
Je sens une céleste ivresse
Couler à flots sur ma jeunesse;
D'une auréole d'un bleu pur

Comme le ciel bleu qui scintille
Sur ta tête de jeune fille,
Je vois ton front se couronner;
Puis la pâle et mystique étoile
De poésie, que rien ne voile,
Comme un rayon vient y briller.

Je demande à Dieu ta présence,
Chaque soir, et ton innocence,
Pour charmer mes nuits, mon sommeil;

Et, quand l'aube au ciel vient éclore
En chassant l'ombre, je déplore
Ton charme envolé, mon réveil.

De quel nom t'invoquer,
Muse amie, ange ou femme,
Rêve qui sais donner
L'extase à ma pauvre âme?

A UNE JEUNE FILLE

Mens blanda in corpore blando.

Vous n'aimez pas le bal, ô blonde jeune fille!
Vous n'aimez pas l'éclat du lustre qui scintille,
Et dont les longs rayons font jaillir mille feux
Du sein des diamants brillant dans les cheveux;
Vous n'aimez pas ces ris, ce bruit, cette lumière,
Qui dans les salons pleins d'air tiède et de poussière
Versent l'ivresse jeune et folle dans les cœurs,
Ivresse sans parfum, sans rêve de bonheur!
Vous n'aimez pas le bal. Vous êtes simple et bonne,
Douce et timide, ainsi qu'une fleur qui frissonne
Sous les baisers de mai, dans le gazon verdi.
Oh! oui, fuyez le bal qui n'a jamais souri

6

A vos jeunes années ; de votre fraîche aurore
Ne fanez pas les fleurs à la veille d'éclore ;
Gardez tout votre cœur si limpide et si pur,
Que votre tendre mère y puisse dans l'azur.
   Mirer son front rêveur et pâle.
   Restez simple, restez enfant,
   Gardez le doux parfum qu'exhale
   Une âme fraîche de quinze ans.

INVOCATION

« Écoute notre prière,
« Du haut des cieux, ô Liberté ! descends. »

Liberté, Liberté ! Descends sur la patrie,
Allume dans nos cœurs l'ivresse de la vie,
Verse-nous les flots purs de tes célestes dons,
Et verse-nous ta flamme, et de ton sein fécond
Fais ruisseler sur nous la source nourricière.
Nous avons soif de toi, de toi notre paupière
Est avide. Nous t'appelons, nous t'invoquons !
Ah ! depuis des années et des années encore,
Des hommes de génie se sont frappé le front
En suppliant leur Dieu d'envoyer ton aurore ;
Mais rien n'en est jailli, de ces pensées de feu !
Nous t'attendons toujours, messagère de Dieu,

Nous t'attendons en vain. Mais il te faut aux hommes,
A l'homme misérable et désolé sans toi;
Dans l'ombre de la nuit ténébreuse où nous sommes,
Il faut que, pur flambeau, brille sur nous ta loi!

Hé! que de fois jadis l'humanité souffrante,
Dans ces siècles ardents des révolutions,
A cru te posséder au sein de la tourmente,
Toi le rêve et l'espoir des générations!
Tu fécondas la Grèce et tu brillas sur Rome,
Et pour toutes les deux tu ne fus qu'un éclair,
Et les yeux qui t'ont vue, idéal ou fantôme,
Passer d'un libre essor comme un aigle au désert,
Mais passer pâle et triste, et t'envoler rapide,
Ces yeux qui t'ont saisie gardent à tout jamais
Ton image gravée dans leur miroir limpide,
Et tous les cœurs déçus gardent d'amers regrets.

Les partis orageux t'ont traînée dans la fange,
Reine des purs sommets! D'un horrible mélange
Et de boue et de sang ils t'ont souillée parfois,
Ils ont armé ton bras, et fait mentir ta voix,
Ils ont changé ta torche en une rouge épée,
Ils ont prostitué ton nom aux carrefours;
Plus d'un usurpateur t'a surprise et trompée,
Quand le peuple endormi rêvait à ses amours,
Et plus d'un tribun, sourd à la voix éplorée
De la raison, au sein de la foule égarée,
S'est fait puissant un jour en écrivant ton nom

Sur le drapeau sanglant de la guerre civile ;
Si quelques-uns d'entre eux méritent le pardon,
Honte à qui t'a frappée d'une main lâche et vile !

— Oui, c'est ainsi, le monde s'en va ballotté
Par les flots agités et par les vents contraires,
Se heurtant aux excès d'un et d'autre côté,
Comme aux écueils cachés sous l'onde aux noirs mystères.
Oui, nous nous agitons souvent sans avancer,
Cependant que les ans tombent pour s'entasser,
Cependant que les siècles, ces jours de la vie
   De l'humanité,
S'écroulent, flots troublés par une épaisse lie,
   Dans l'éternité.

L'humanité vieillit, l'homme marche toujours.
Nous allons, Dieu sait où, dans le temps et l'espace,
  Ainsi que va l'oiseau qui passe,
  Et le fleuve qui suit son cours ;
Nous allons, Dieu sait où, faisant même voyage,
  Suivant même chemin,
Qu'ont fait et qu'ont suivi les hommes d'un autre âge,
  Partant d'hier pour aller à demain.
Seulement, plus l'on va, plus on perd l'espérance
Et la foi que ne peut remplacer la science.

Le monde en vieillissant s'est fatigué d'aimer ;
Il doute, il cherche, il crée, ennoblit sa souffrance,
Mais il ne sait plus croire, et ne veut plus prier !

Liberté, Liberté! éclaire ce vieux monde
Qui, sans toi gémissant d'une angoisse profonde,
T'attend, divin Messie, pour le ressusciter,
Pour lui rendre l'espoir, la force et la jeunesse,
Le désir du progrès qu'il est las de chercher,
Du progrès dans le bien, ce rêve qu'il caresse,
Et ce but qu'il poursuit sans pouvoir le toucher!

Liberté! de la Paix belle et douce compagne,
C'est vers toi que s'en vont nos pas sur la montagne,
Sur l'immense océan de l'azur et des flots;
Sois l'étoile bénie levée sur la campagne,
Sois le phare éclatant aux yeux des matelots!

A Madame la Comtesse...

(FANTAISIE)

Je m'ennuyais comme à mon âge
On s'ennuie, sans savoir pourquoi;
  On a le cœur si volage,
Que cela rend triste, ma foi!

    On a beau rire,
    Beau faire, beau dire,

Il vient un certain moment
Où l'on sent
Le regret mouiller de larmes
Les yeux secs depuis longtemps ;
Le passé a de mystérieux charmes,
Quand il rappelle un amoureux printemps !

Je m'ennuyais donc à plein cœur,
Quand, ô bonheur ;
Votre main bonne et gracieuse
Laissa tomber sur mes ennuis
Une chanson tendre et rieuse
Dont vite je me suis épris,
Et dont l'harmonie joyeuse
A de mon âme rêveuse
Chassé, comme noirs ennemis,
Ces sots ennuis
Qui se sont évanouis
Avec la nuit.

Resurrexit mon pauvre cœur
Qui sentait s'éteindre sa flamme,
Resurrexit ! — Je l'ai chanté, Madame,
L'Alleluia d'amour (*), d'un air vainqueur !

Il est ressuscité,
Ce cœur prodigue de promesses

(*) Gracieuse mélodie de J. Faure.

Que je croyais en vérité
Enterré ;
J'ai chanté l'hymne des douces tendresses,
Je l'ai chanté !

La Muse, cette friponne
Qui vient m'agacer souvent,
M'est venu voir, ce matin, en passant ;
Que cela ne vous étonne !

Nous avons causé longtemps,
D'un sujet indifférent
Peut-être à vous plus qu'à personne ;
Mais elle a voulu, la mignonne,
Me dicter absolument,
Un petit remercîment
Pour votre envoi si charmant.
Que votre bonté me pardonne !
J'écris ce qu'elle fredonne
A mon oreille, doucement ;
Je vous demande humblement
Indulgence pour ma friponne.
Si je mérite un châtiment,
Que votre clémence l'ordonne,
Mais je vous le dis hautement,
Par précaution dès à présent :
Si j'ai péché, je me repens.

J'en écrirais plus long peut-être,
Si la Muse était encor là ;

J'avais laissé ouverte ma fenêtre,
Vous devinez qu'elle est sortie par là.

C'est un oiseau coquet, mais bien volage,
Au doux ramage,
Capricieux et inconstant
Comme l'Amour qu'il célèbre en ses chants.

J'en écrirais plus long... la Muse n'est plus là ;
Puis c'est ici comme à confesse,
Vient un moment où l'on est à *quia*.
N'importe ! j'ai chanté l'hymne de la jeunesse,
Je l'ai chanté ; merci, Comtesse,
Alleluia !

———

ESPÉRANCE

Ave, spes unica.

Amours, tristes amours de ma belle jeunesse,
Dans quel profond repli de mon cœur dormez-vous ?
J'ai beau vous évoquer, j'ai beau pleurer sans cesse,
Vous supplier encore et me mettre à genoux,
En vous redemandant l'espérance et l'ivresse,
Vous ne me versez plus votre parfum si doux.

Ah ! tout est donc fini dans mon cœur, dans ma vie !
Je ne peux plus aimer, je ne peux plus chanter ;

C'en est donc fait ! Adieu, jeunesse et poésie,
Adieu, car ma pensée ne sait plus enfanter
Que regrets, qu'amertume et que mélancolie ;
Adieu, je ne vis plus que pour vous regretter !

C'est fini, c'est fini, plus de joyeux délire,
Plus de flamme en mon front, plus de chants à ma lyre,
Je sens le froid mortel de la réalité
Qui glace peu à peu mon être... Ah ! Liberté,
Donne-moi donc l'essor de l'aigle, et son empire,
Pour que je monte au ciel chercher la vérité !

Débile Prométhée cloué à ma souffrance,
Un mal affreux et lent, qui ne pardonne pas,
Vient me ronger le cœur chaque nuit en silence
Et nourrir ma douleur à chacun de mes pas ;
J'ai trop aimé, j'ai trop souffert, et l'existence
Ne m'est plus qu'un chemin qui conduit au trépas.

Cette douce chaleur que l'on sent en son âme,
Comme un tiède rayon du soleil de juillet
Quand l'aurore est levée au ciel bleu qu'elle enflamme,
Cette ardeur qui nous vient de l'amour d'une femme,
Je la sens peu à peu s'éteindre... C'en est fait :
D'aimer et d'être heureux j'ai perdu le secret.

Tout m'a quitté, tout s'est détaché de moi-même,
Tout, tout ce qui faisait ma joie et mon orgueil,
Comme du tronc flétri la feuille froide et blème

Tombe au vent de l'automne. Oui , je porte le deuil
De mes beaux jours passés; j'ai reçu ton baptême,
O Douleur, et j'ai mis ma jeunesse au cercueil.

Et pourtant je suis jeune encor, jeune par l'âge;
Mais j'ai le cœur séché comme un cœur de vieillard,
Pour renaître à l'amour je n'ai plus mon feuillage,
Arbuste sans rameaux je végète à l'écart :
Le chagrin a tari mes pleurs, et son ravage
A déchiré ma vie, comme un cruel poignard.

Amour, amour, pourquoi ton délire implacable,
Ton insomnie fatale et tes baisers de feu,
Tes fièvres de bonheur et tes sanglots d'adieu
Qui consument notre être en un rêve ineffable,
Ont-ils brisé le cours de ma vie misérable,
Avant que soit venu le jour marqué par Dieu?

Me voilà maintenant transi d'inquiétude,
Seul au foyer désert; et, dans ma solitude,
Plus d'espérance amie, plus d'ange aux ailes d'or
Qui veille à mon côté quand ma pensée s'endort!
Terre !... j'ai bu le fiel de ton ingratitude;
Dans mes veines pourquoi le sang bat-il encor?

Désespoir, oh! tourments, folle, impuissante rage,
Vous qui me torturez en me laissant languir,
Prenez-moi tout entier, achevez votre ouvrage,
Ne me laissez plus vivre pour me voir souffrir;

Prenez pitié de moi, relevez mon courage,
Rendez-moi l'espérance, ou faites-moi mourir.

Frappez du dernier coup ma sanglante poitrine,
Clouez sur le gibet mon âme au Golgotha;
Que la colère humaine et la foudre divine,
Se croisant sur mon front que l'éclair illumine,
Me délivrent enfin des maux dont je suis las
Et dont j'épuiserai le calice ici-bas.

Frappez, je n'ai pas peur de mourir; la souffrance,
Oui la souffrance seule aujourd'hui me fait peur :
Je ne veux plus sentir ainsi mon existence
Goutte à goutte couler des blessures du cœur,
Et mes regrets se perdre avec mon espérance,
Dans mon immense ennui qui couve le malheur!

Debout, mes anges noirs! Ouvrez vos sombres ailes,
Chantez l'hymne de mort, troublez l'air de vos cris,
Et, franchissant d'un bond les voûtes éternelles,
Envolez-vous vers moi dans l'horreur de la nuit.
Venez, je vous attends... Mais, ô Furies cruelles,
Pour me donner à vous quel crime ai-je commis?

J'aimai, voilà mon crime... Ah! je suis bien coupable
Sans doute, pour qu'ainsi vous m'ayez tant puni,
Pour que vous ayez pris et jeté comme sable,
Au souffle impétueux du vent qui nous accable,
Au souffle du malheur nous cachant l'infini,
Ma jeunesse et mon cœur dont l'espoir est banni!

Tout ce que je liai d'une chaîne amoureuse,
Vous l'avez dénoué; et ce que l'avenir
Me promettait de joie et de tendresse heureuse,
Tout ce qui rayonnait au feu de mon désir,
Vous l'avez à mes yeux, d'une main envieuse,
Brisé, flétri, souillé, me laissant le plaisir!...

Je rêvais le bonheur pur, modeste et facile,
J'avais soif d'un bonheur et d'un amour profonds
Où ma lèvre pût boire une ivresse tranquille,
Où le bel idéal de mon âme docile
Pût se mirer, avec la blancheur de mon front,
Comme un astre en un lac dont l'azur est sans fond.

Et vous, vous avez tout brisé, l'homme et son rêve,
La lyre et le poète, et je vous dis : C'est bien;
Votre œuvre suit son cours et peu à peu s'achève.
Oh! mais que votre Dieu, démons du cœur humain,
S'il veut que trop souvent vos tourments soient sans trêve,
Veuille au moins m'épargner l'angoisse de demain!

Comme ma tempe brûle, et comme ma main tremble!
Comme la nuit est sombre tout autour de moi!
Comme elle est sombre en moi! Qu'est-ce donc!... il me semble
Entendre dans les airs des cris, des cris d'effroi...
Que ne puis-je goûter, quelques heures, ensemble
Le sommeil et la paix dont j'implore la loi!...

Mais malgré moi je sens mes genoux qui fléchissent;
Serait-ce pour prier? — Hélas! depuis longtemps

Je ne prie plus, je ne sais plus. Et cependant,
Peut-être que ce Dieu que les heureux bénissent
Entendrait ma prière, et mes maux qui gémissent
Vers lui ?... Mon père, ayez pitié de votre enfant !

Abaisse un regard sur ta créature
   A tes pieds remplie d'effroi,
     Vois les maux que j'endure,
      Console-moi !

Fais-moi vivre heureux pour que je bénisse
   Ma mère, mon Dieu, et toi
Que j'oubliai dans mon mortel supplice ;
   Je suis faible, soutiens-moi !

Je suis pur, je suis jeune, empêche que je pleure,
   O toi, d'amour suprême loi !
C'est pour avoir aimé que je souffre à cette heure,
    Guéris-moi !

Quel est ce bruit ? Anges de deuil et de misère,
Est-ce vous qui venez m'arracher de la terre ?...
Non. — Quelle clarté douce éveillée dans la nuit !
Quelle fraîcheur suave et parfumée la suit !...
Une forme se meut, vague dans la lumière,
Je sens qu'à son approche ma douleur s'enfuit...

   Je te vois, ta robe est blanche,
   Bel ange, comme un lys sacré,

Et ta chevelure s'épanche
En flots d'ébène, à ton côté.

Je te vois, comme un symbole,
Autour de ton front charmant
Luit une brillante et verte auréole
Qu'émaille une étoile d'argent.

Je te vois, ta face rayonne,
Je te vois, ton regard sourit,
Dans tes cheveux une couronne
De fraîche verveine fleurit.

Ton pas est plus mélodieux qu'en la feuillée
La voix
D'une rêveuse fée
Des bois.

Je te vois, portée par une nuée
De pâles vapeurs ;
Dans l'air rempli d'une haleine embaumée,
Tu resplendis comme une fleur.

Dans ta main gauche est une coupe pleine
D'un nectar blond comme le miel ;
Avec une grâce sereine
Ta main droite montre le ciel.

Quel est ton nom, ma belle brune,
Fille de l'immortel séjour ?

Tu sembles faite d'un rayon de lune
Et d'un chaste baiser d'amour.

Bel ange, à quelle place
Sièges-tu là-haut, près du Roi des rois ?
Es-tu messager de divine grâce,
Ou séraphin à la mystique voix ?

Que chantes-tu dans le concert céleste,
Émule de David, au son des harpes d'or ?
Quel rayon fais-tu luire en notre nuit funeste
Où s'égare notre âme exilée dans le corps ?

L'ANGE

Ami, prends cette coupe, et bois ;
C'est le vin généreux de la terre promise,
Qui va rendre bientôt à ton âme indécise
Sa confiance d'autrefois.

Oui, de Dieu je suis messagère,
Ami, je suis la sœur de la Prière ;
Elle offre au Seigneur l'amour des humains,
Avec les parfums des fleurs d'innocence ;
Moi, je porte aux hommes l'amour divin ;
Enfant, je suis l'Espérance !...

HENRI REGNAULT

Il est né pour la gloire, et mort pour la Patrie.
Il est né plein des dons d'un céleste génie,
D'un génie souverain sûr de son avenir,
Maître de sa puissance et de sa fougue même,
D'un superbe génie qui semble un souvenir
Lorsqu'il crée à nos yeux un chef-d'œuvre suprême,
Tant sa fécondité se donne sans tarir ;
Il est mort défenseur des droits de notre histoire,
Il est mort couronné des lauriers de la gloire,
Il est mort, le front ceint, en sublime mémoire,
        D'une auréole de martyr.

Que nul ne le réclame ici pour son élève :
Son sublime talent puisa toute sa sève
Au sein de la Nature, à ce sein généreux,
Ouvert à qui le presse d'un doigt amoureux,
Qui nourrit le génie, et féconde ces âmes
Dont doivent naître un jour les chefs-d'œuvre de l'art.
Il n'eut besoin ni de flatteries, ni de blâmes ;
Il n'imita jamais, sans marcher à l'écart.

Enfant, il crayonnait, il dessinait sans cesse,
Le *don* mystérieux révéla sa jeunesse ;

Son talent peu à peu grandit sous les rayons
De l'amour paternel comprenant sa grande âme,
Et peu à peu mûrit, comme l'or des moissons,
Sous les rayons d'azur, de lumière et de flamme
Que la Nature à flots verse aux prédestinés,
A ceux qui n'ont besoin, pour peindre ses beautés,
Que d'écouter leur cœur qui sait bien les comprendre,
Et de laisser aller leur pinceau qui sait rendre
L'Idéal par l'image de la Vérité.

L'Orient fascina son œil plein de clarté.
Tu rêvais d'Orient, peintre de *Salomé*,
Jusqu'à ce jour fatal où sécha ta palette
Abandonnée, lorsque les cris de la défaite
T'arrachèrent, au prix de quelques justes pleurs,
A ton atelier de sublimes labeurs.
Oui, tu t'étais épris de la pure lumière,
Ainsi que Delacroix, Marilhat et Decamps,
Et tant d'autres dont l'âme était ardente et fière,
Et montait au génie comme un soleil levant;
Mais tu devais finir sans achever ton rêve !...

. . . .

. . . .

La France gémissait sous le poids des vainqueurs,
Paris mourait de faim, le mal était sans trève;
Tu partis pour lutter, victime de ton cœur.
Tu sentais bouillonner ta vaillante colère,
A la vue de ces champs où ta France si chère

Voyait couler à flots le plus pur de son sang
Sous les coups acharnés d'un glaive triomphant...
Et Buzenval, dans une funèbre journée,
Te vit tomber blessé, mort, frappé par devant.
Oh ! guerre impitoyable, sur nous déchaînée
Comme le vent du Nord sur le sombre Océan,
Que ta faulx a coupé de fleurs à peine écloses,
De fleurs épanouies, de fleurs nées du matin,
Sur ces champs de bataille où le cruel Destin
Moissonnait nos héros qui se paraient de roses
          Pour marcher au combat,
Et chantaient l'espérance en volant au trépas !
Oh ! pourquoi n'as-tu pas épargné le génie,
Guerre aveugle ? Pourquoi n'as-tu pas pris la vie
De ceux-là qui, vivant sans composer de miel,
          Seraient morts sans envie,
Et laissé l'avenir aux favoris du Ciel ?

Dormez, les Fils sanglants de la France immortelle,
De la Mère-Patrie défenseurs sans remords,
La Patrie vous bénit : Vous êtes morts pour elle,
Gloire à vous les Vaincus ! Gloire aux cœurs grands et forts !
Dormez, Henri Regnault, du sommeil de tout autre,
Vous, de notre couronne un des plus purs fleurons,
Un génie de ce siècle, un martyr, un apôtre,
Un immortel de plus inscrit au Panthéon.

Et toi, jeune Statue qui veilles sur sa tombe,
Symbole gracieux d'amour, de piété,

Toi, la dernière amie du génie qui succombe,
Fille de la Patrie, virginale beauté,
Élève jusqu'à lui ton bras, et la couronne
De chêne et de laurier que la France lui donne
Comme un gage, par toi, de l'immortalité.
Élève jusqu'à lui, jeune fille si belle,
Tes regrets, ton encens, ta tendresse éternelle,
Élève jusqu'à lui notre amour et tes fleurs :
Il vivra dans les temps, car il vit dans les cœurs.

A M. AUZELY

Maître, quand reviendra le printemps qui console
Des mauvais jours passés, non des amis perdus,
Quand reviendront ces soirs heureux de brise molle
Où jadis nous causions des poètes élus,

Voulez-vous, profitant de l'heure qui s'envole,
Laissant Pétrarque, et Tasse, et Dante cent fois lus,
Suivre par la pensée, sinon par la parole,
Nos chères causeries des jours qui ne sont plus ?

Car nous avons appris la langue d'Italie
De vous qui modulez si bien son harmonie,
Et nous savons par cœur l'art de n'oublier pas ;

Car ceux qui vous aimaient vous chérissent encore,
Et conservent, pour vous que chacun d'eux honore,
De jeunes sympathies qui ne vieilliront pas.

COUSIN-COUSINE

UN ACTE EN VERS

PERSONNAGES.

FRÉDÉRIC.

L'ONCLE.

SUZANNE, sa Fille.

MADELON, Soubrette.

COUSIN-COUSINE

UN ACTE EN VERS

*Un Salon ; grand feu dans la cheminée. Portes au fond
et sur les côtés.*

SCÈNE PREMIÈRE.

FRÉDÉRIC.

Il allume un cigare.

Quel bon dîner je viens de faire ! Assurément,
Depuis que tous les ans, et régulièrement,
A mon oncle, en ce lieu, je rends une visite,
Je n'ai jamais vécu en plus fin parasite.
       Tra la la !

Il fredonne.

Ah ! mais je suis fort gai ce soir, c'est positif ;
Le bon vin pour la joie est un apéritif.

J'éprouve le besoin de chanter et de rire !...
Ma cousine est mignonne, et son petit sourire
Est agaçant. Son air affectueux me plaît,
Je ne sais pas pourquoi ; elle a le pied bien fait !
Mon oncle mange bien, dort mieux, c'est fort aimable ;
Il a triple menton, mais il est cuistre en diable !
A propos, je n'ai pu jusqu'ici lui parler
De cette affaire que je viens lui proposer :
C'est de quelques écus un emprunt bien modeste.
A peine ai-je pu hier, comme entre ziste et zeste,
Lui toucher un seul mot de ce point capital,
Il m'a fermé la bouche à l'endroit principal ;
Si bien qu'il ne sait rien encore de la chose.
Il m'arrête et dit : Je comprends ; moi, je suppose
Qu'il perd un peu la tête. Il faudrait bien pourtant
Que je lui expliquasse, à cet oncle charmant,
L'objet de ma visite ; il faut bien qu'il m'écoute
Tout au moins pour cela. Ventre à boulet ! Je doute
Que mon art oratoire y puisse parvenir.
Je suis jeune, j'ai trois galons et l'avenir ;
Mais ma maîtresse est belle, et veut rouler calèche !...

S'adressant à l'oncle qui entre en ce moment.

Un cigare, mon oncle?

Se détournant.

Et je bats une *dèche !*...

SCÈNE II.

FRÉDÉRIC, L'ONCLE, MADELON.

L'ONCLE.

*Il prend le cigare que lui offre le jeune homme, puis s'arrête, en croisant majes-
tueusement les mains sur son ventre rebondi, devant la cheminée.*

Voici ma cheminée qui fume, maintenant !
Tout donc en ma maison pour me troubler s'entend !

FRÉDÉRIC.

Ah ! mon oncle, vraiment, vous êtes impayable.
Vous êtes solennel, quand vous sortez de table,
Comme un dieu de l'Olympe. Il est vrai, votre vin
Sent un peu l'ambroisie ; c'est un nectar divin.

Allant à son oncle assoupi dans un fauteuil, et lui secouant le bras.

Venez faire avec moi un tour de promenade ;
Vous devenez trop gras, vous vous rendrez malade,
Et, si vous ne prenez beaucoup de mouvement,
Vous ne serez bientôt qu'un petit monument.
Remariez-vous ; pour maigrir, c'est infaillible !
L'attrait de vos écus sera irrésistible.
Voltigez tout au moins, faites-vous Cupidon
Mettez comme l'Amour des ailes de pigeon,

Brûlez pour les appas d'une nymphe légère,
Vous êtes jeune encore et veuf!...

L'ONCLE, *majestueux.*

Paix! je digère.

FRÉDÉRIC, *riant.*

Mille trompettes! Où voulez-vous en venir?
Vous me faites pouffer de rire. A l'avenir,
Soignez mieux la santé, et soignez moins le ventre :
Vous mangez comme un ogre et buvez comme un chantre...
Faites moins bonne chère et fêtez moins Bacchus,
C'est un conseil d'ami...

L'ONCLE.

Tu fêtes bien Vénus !
Mais qui te rend ainsi joyeux, mon capitaine ?
Qui te rend si hostile à mon humble bedaine,
Chérubin de caserne ?

FRÉDÉRIC.

Oh! mon Dieu, rien, ma foi !
Ou, si c'est quelque chose, alors, je ne sais quoi.
Cependant, vous voyant d'une humeur agréable,
Je me décide enfin à vous faire, oncle aimable,
La confidence que vous n'avez jusqu'ici
Voulu entendre. Je vais vous ouvrir ici
Mon cœur à deux battants. C'est chose délicate,
Et chose difficile à dire ! Par ma latte,

Chair à canon ! Je ne sais par où commencer.
Voici : Il s'agit de... Je veux vous demander...
Vous comprenez mon embarras...

L'ONCLE.

Paix ! je digère.
J'ai sur cela beaucoup réfléchi, et j'espère
Que tu seras tantôt content et satisfait.

FRÉDÉRIC.

Mais vous ne savez pas...

L'ONCLE.

Je te dis que je sais.

FRÉDÉRIC.

Mais...

L'ONCLE.

Tais-toi.

FRÉDÉRIC.

Cependant...

L'ONCLE.

Tu me casses la tête.

FRÉDÉRIC.

Permettez, je...

L'ONCLE.

As-tu fini? cela m'embête.

Je te dis que je sais, que j'ai deviné tout,
Que tu seras content!...

FRÉDÉRIC.

Allons, je suis à bout!

MADELON, *paraissant d la porte du fond.*

Monsieur, le locataire du premier... est là
Furieux; il dit que sa cheminée fume.

L'ONCLE.

Holà!

Sa cheminée qui fume! Eh bien, pourquoi fait-il
Du feu dedans?

Il sort.

SCÈNE III.

FRÉDÉRIC, SUZANNE.

SUZANNE.

Elle entre à petits pas, par une porte latérale. Elle appelle timidement et d mi-voix.

Petit cousin?

*Regardant Frédéric assis, la tête cachée dans les mains, comme
un homme qui médite.   A part.*

Dormirait-il?

Elle se rapproche de lui.

Que faites-vous donc là, cousin, êtes-vous triste?

Vous avez l'air tout drôle; êtes-vous sur la piste
D'une rime ou d'un vers, de ces vers si charmants
Que vous faites sans doute en vos petits moments
De loisir, après les heures de l'exercice.
Oh! je les aime tant! ils ont fait mon caprice.
Vous êtes un guerrier-poète, un chevalier-
Troubadour, et l'on doit vous chérir à Béziers!
Vous habillez si bien de galantes pensées
Avec ces petits mots qui gantent les idées!
Les jolis vers, mon Dieu! Ils charment mes ennuis;
Je les ai lus cent fois, et le jour, et la nuit,
Et j'ai toujours un doux plaisir à les relire.

FRÉDÉRIC, *relevant lentement la tête.*

Je cherche, mais ne comprends pas. Que veut-il dire?

SUZANNE.

Et qui? Et quoi? Cousin, qu'avez-vous donc ce soir?

FRÉDÉRIC.

Ah! c'est juste, tenez, cousine; allons, bonsoir!

SUZANNE.

Comment! vous me quittez, déjà, à pareille heure?

FRÉDÉRIC.

Pardonnez-moi; je suis un sot; mais que je meure
S'il n'a pas en partant dit : Tu seras content!
A-t-il pu deviner que j'ai besoin d'argent?...

SUZANNE.

Déraisonnez-vous donc, ou bien serais-je folle?...
Vous ne m'avez point dit encore une parole
Qui se puisse comprendre.

FRÉDÉRIC, *revenant à lui.*

Ah! je suis en effet,
Pour vous servir, cousine, un Ostrogoth parfait.

SUZANNE.

Voulez-vous me donner un baiser sur la joue,
Comme les autres soirs, tout doucement...

·FRÉDÉRIC, *d'une voix de commandement.*

En joue...

Feu!

Il l'embrasse.

Ai-je bien rempli mon devoir?

SUZANNE.

Oui, très bien;
Seulement vous mettez trop d'ardeur.

FRÉDÉRIC.

Ce n'est rien.

SUZANNE.

Oh! vous êtes un monstre aimé, et redoutable!
Dites-moi, pensez-vous souvent, mon adorable,
A ceux qui vous aiment ici?

FRÉDÉRIC.

Certainement,
Puisque je fis des vers pour vous, dernièrement.

SUZANNE, *tendrement.*

Mais vous rappelez-vous toute notre jeunesse,
Comme nous nous aimions, et puis cette tendresse
Qui nos deux cœurs si bien l'un à l'autre unissait,
Qu'on disait que plus tard, dame!... on nous marierait?
N'est-ce pas que ces souvenirs sont en votre âme
Restés toujours intacts et vivants? Je suis femme,
Et mon cœur est encor tout parfumé de vous;
Mais vous, est-ce bien vrai, de ce bonheur si doux
Que nous rêvions tous deux, que nous chantions ensemble,
Avez-vous conservé, doute amer dont je tremble,
Le désir?

FRÉDÉRIC.

Puisque j'ai fait des vers là-dessus!

SUZANNE.

On me le dit, mais je veux, pour n'en douter plus,
En entendre l'aveu de votre bouche même...

FRÉDÉRIC.

Mille tromp...

Il lui prend la main et enlace un bras autour de sa taille. Avec émotion.

Je suis certes en un trouble extrême!...
Oui, vous me rappelez un passé souriant;

Nous nous aimions très fort quand nous étions enfants !
Votre défunte mère était là, sainte femme ;
Jamais pour nos folies elle n'avait de blâme.
Je l'aimais comme on aime une mère : orphelin
Dès mes tendres années, de moi elle prit soin.
Le soir, à l'heure où nous faisions notre prière,
Elle tombait aussi mains jointes sur la pierre,
Puis disait : « Dieu bon, bénissez-les ; unissez,
« Quand je n'y serai plus, leurs destins ignorés. »
Ah ! malgré moi je sens monter de pieuses larmes
A mes yeux ; rayonnant de mystérieux charmes
Je revois le passé innocent et joyeux.
Ah ! cousine, c'était le beau temps !...

SUZANNE, *avec passion.*

                              Radieux,
Radieux il était, et tel il est encore
Dans tous mes souvenirs embaumés que j'adore.
Souvenir de bonheur, promesse de bonheur,
Votre image chérie, elle est là, dans mon cœur.
Dites-moi que vous êtes bien resté fidèle
A vos jeunes amours ; car votre âme était belle
Comme votre visage, et comme le ciel bleu.
Vous n'avez pas changé, n'est-ce pas ?

FRÉDÉRIC.

                              Eh ! mon Dieu,
Qui pourrait se flatter, parvenu à mon âge,

De n'avoir point laissé parfois, dans son passage,
Un lambeau d'innocence à l'épine des fleurs ?
J'ai fait comme tout autre, et ne suis pas meilleur.
J'ai vécu de la vie dont les jeunes gens vivent ;
Mais les plaisirs bruyants et légers ne ravivent
La flamme de la joie que pour un court instant.
Voyez-vous, un seul mot a suffi maintenant
Pour me rendre aussitôt au culte vrai, sincère,
Des sentiments qu'on peut, sans une honte amère,
Et sans rougir, devant un enfant avouer...

SUZANNE, *avec attendrissement.*

Vous êtes toujours bon, et vous saurez aimer.
Je ne peux pas vous dire en moi ce qui se passe,
Peut-être en ririez-vous !...

Elle lève sur le jeune homme un regard langoureux.

FRÉDÉRIC, *s'éloignant et lui offrant un siège.*

Vous devez être lasse
D'être toujours ainsi debout. Asseyez-vous...

On entend du bruit au dehors.

SUZANNE, *précipitamment.*

J'entends du bruit !... Ami, Frédéric, m'aimez-vous ?...

FRÉDÉRIC, *comme s'interrogeant.*

Ma foi, je ne sais pas !

Elle sort.

8

SCÈNE IV.

L'ONCLE, FRÉDÉRIC, MADELON.

L'ONCLE.

Il entre brusquement, couvert de poussière et de suie, sans voir Frédéric.

Maudite cheminée,
Je crois en vérité que je l'ai ramonée
En me fourrant dedans, pour voir plus clairement
La défectuosité du système...

Il se frotte l'échine.

A présent,
Je sais le mal; quant au remède !...

Apercevant Frédéric.

Tiens, encore !

FRÉDÉRIC.

Comment, encore?

L'ONCLE, *d'un air badin.*

Oui, jeune et blond fils de l'Aurore,
Bel Adonis, je te retrouve encore ici?

FRÉDÉRIC.

Est-ce pour me chasser que vous dites ceci?
Boîte à mitraille !

A part, pendant que l'oncle brosse ses vêtements.

Allons, c'est incompréhensible !
Lui m'a dit : Tu seras content. Je suis sensible,

Voilà jusqu'à présent ce que m'a fait savoir
Ma cousine, en ce cher entretien de ce soir.
Mais, quant à mes écus, le vieux n'en parle guère ;
Je crains bien qu'il n'ait pas deviné !

L'ONCLE.

*Après s'être consciencieusement brossé, il se laisse tomber sur un fauteuil,
et dit en soupirant :*

Je digère !...
Me voici tout à fait remis ; et pas trop tôt !
Cette poussière-là m'aveuglait. A propos,
Dis donc, mon cher neveu, la cheminée qui fume
A mis, comme l'on dit, le marteau sur l'enclume
Dans mon pauvre cerveau. Cela m'a fait penser,
Allégoriquement, à ta demande. Après...

FRÉDÉRIC.

La cheminée qui fume à ma demande !

L'ONCLE.

Ensuite,
Je me suis dit qu'autant il valait tout de suite
Franchement te répondre, et ne te cacher rien.

FRÉDÉRIC, *à part.*

Ouf ! voilà mon affaire en bien mauvais chemin !

L'ONCLE.

Oui, sur tous les points ; c'est, je crois, catégorique ;
On passe sous tes fourches caudines.

FRÉDÉRIC, *joyeux.*

Unique,
Unique est ce triomphe en effet pour moi ; car
Je désespérais presque... Allons, mille pétards !
C'est heureux ; j'en éprouve une joie véritable !

Il s'agite.

L'ONCLE.

Tu sautes comme un bœuf qu'on ramène à l'étable ;
Si tu continues, tu vas sentir l'aiguillon.

FRÉDÉRIC.

Crâne à Prussien !

Comme faisant effort sur lui-même.

Je suis calme.

L'ONCLE, *solennellement.*

Écoute-moi donc !
Tu sais que tes parents, hélas ! moururent jeunes.
A force de travail, de privations, de jeûnes,
Ils avaient amassé quelque argent.

FRÉDÉRIC.

Je le sais.

L'ONCLE, *sentimentalement.*

En mourant, ils m'ont dit : Prends soin de l'enfant ; fais
Tout ce que tu pourras, pour qu'il soit sage, honnête,
Qu'il ne gaspille pas sa fortune à la fête,

Et son cœur aux carrefours. Je fus ton tuteur,
Et je veillai sur toi, ton bien, et ton honneur.

FRÉDÉRIC, *à part.*

Où veut-il en venir?

L'ONCLE.

Tu trouvas une mère
Dans ma pauvre défunte femme.

Il feint d'essuyer une larme.

FRÉDÉRIC, *à part.*

Il m'exaspère!

L'ONCLE.

Elle te chérissait comme son propre enfant.
Aujourd'hui que tu es capitaine, à trente ans,
Tu viens me demander...

Frédéric prête une vive attention.

Puisqu'il le faut, je cède.
Et puis je ne peux pas te refuser. Dieu aide
Mon chancelant courage!...

Vivement.

Enfin il faut songer
Au contrat, sur le champ.

FRÉDÉRIC, *étonné.*

Au contrat!... au billet,
Au billet, mon oncle, au billet, voulez-vous dire...

L'ONCLE, *indigné*.

Te donner ma fille par billet ! Moi souscrire
Cinquante mille francs, sa dot, par un billet !

FRÉDÉRIC, *étonné*.

Ah !... c'est de la cousine ainsi qu'il s'agissait ?...

MADELON, *à la porte du fond*.

Monsieur, la locataire du second tempête,
Elle dit que sa cheminée fume. Est-ce honnête ?

L'oncle sort en bondissant.

SCÈNE V.

FRÉDÉRIC, MADELON.

FRÉDÉRIC.

Bonté divine ! Eh bien, dans quelle situation,
Et dans quel guet-apens, quelle tentation,
Te voilà empêtré, mon pauvre capitaine !
Or çà, réfléchissons ; la chose en vaut la peine.
Le vieux tout simplement s'est mépris. Cependant,
Il ne s'est mépris, que quelqu'autre l'y aidant ;
La cousine est bien sûr cet autre-là.

Gaîment.

Éprise
De mes charmes qu'elle a trouvés de bonne prise,

Elle croyait que je l'aimais d'amour. Alors,
Elle alla confier sa tendresse d'abord
A son père, et lui dit qu'elle était partagée,
Que ma cervelle était tout d'elle emménagée,
Que j'allais, sans tarder, faire certainement
Ma demande en mariage ; et naïvement
Le vieux crut tout cela, et me fit la réponse
Solennelle : un oui sur tous les points. Je m'enfonce
Dans un dédale obscur ; mais tâchons d'y voir clair.

Comme interrogeant ses souvenirs.

Nos parents, quand nos cœurs étaient à peine ouverts
Au soleil de la vie, voyant nos têtes blondes,
Vermeilles et rosées, d'espérances fécondes
Se plaisaient à les couronner. Il arriva
Qu'un jour de nous unir leur vieillesse rêva,
Et de nous fiancer. De quatre ans ma cousine
Était plus que moi jeune ; elle avait bonne mine,
Bon cœur, et franc esprit. Cette candide enfant
Prit au grand sérieux ce projet innocent ;
Et, après tant d'années passées sur notre enfance,
Aujourd'hui, c'est encore la même espérance
De voir réaliser cette chère union,
Que caresse son âme !...

Songeant.

O sainte affection
Qu'elle me conserve toujours, et sans faiblesse !
Comme c'est une rare et touchante tendresse !
Moi-même je l'aimais aussi, certainement ;

Seulement mon cœur se taisait.

Avec énergie.

Ah ! maintenant,

Trêve de railleries. Je sens bien que je l'aime ;
Ne faisons pas le sot ; c'est un instant suprême
Où je dois me laisser conseiller par mon cœur.
Un propice hasard m'offre ici le bonheur ;
Pourquoi le refuser ? — Ma Suzanne est jolie,
Nous nous sommes toujours aimés à la folie ;
Moi, je l'aimais sans le savoir. Mais aujourd'hui,
Foi de hussard ! en moi la vérité a lui.
Oh ! trois cent mille fois délicieuse chose :
Le bonheur à cueillir sur une lèvre rose !
Et puis, on ne peut pas toujours rester garçon !
Il faut faire une fin, d'une ou d'autre façon.
Mieux vaut quand on le peut, certes, la faire bonne.
Je le puis, j'en profite

Avec entrain, et sonnant un carillon.

Et je sonne la bonne !

Pour lui dire...

MADELON, *à la porte du fond.*

Monsieur a tinté ?

FRÉDÉRIC.

Oui, priez

Suzanne de venir me trouver.

Elle sort.

FRÉDÉRIC.

Attendez !
Ne dites pas cela... je suis un imbécile !...
Enfin, je me marie. C'est chose plus facile
Que je ne l'avais cru. Je me sens tout changé ;
Voilà mon avenir, ma foi, fort arrangé !
Au diable la folie, le jeu et les maîtresses !
Au diable de Vénus les coûteuses prêtresses !
Au diable les plaisirs défendus, les soupirs
Poussés à tour de bras dans le sein des coquettes
Qui coiffent leurs maris. Adieu les vieux plaisirs !
Je t'aime mieux, bonheur, avec tes joies discrètes.

SCÈNE VI.

FRÉDÉRIC, SUZANNE.

SUZANNE, *les yeux rougis par les larmes.*

Vous avez quelque chose à me dire ?

FRÉDÉRIC, *doucement.*

Oui, venez,
Venez, chère cousine. Ah ! mon Dieu, vous pleurez,
Et vous avez pleuré, vos yeux sont pleins de larmes.
Ah ! mais ne pleurez plus, plus de crainte et d'alarmes :
Suzanne, mon cœur a parlé, parlé de vous ;
Il m'a dit que je t'aime, et je suis à genoux.

SUZANNE.

Relevez-vous, Frédéric.

FRÉDÉRIC.

Donne ta main blanche ;
Et que dans les baisers mon âme en toi s'épanche.
Oui, je t'aime, Suzanne ; et c'est depuis longtemps,
Depuis que dans nos jeux, dans nos plaisirs d'enfants,
Nous mêlions notre cœur, nos joies, notre sourire ;
Je t'aimai dès ce temps où je ne savais rire
Quand tu versais des pleurs, des pleurs d'enfant gâté !
Je t'aimai dès ce temps où ta fraîche beauté
Brilla de ses rayons sur toute ma jeunesse.
Cet amour qu'aujourd'hui plein d'une tendre ivresse
Ma bouche balbutie à tes pieds, c'est cela
Qui, parmi les plaisirs dont mon cœur était las,
Comme un parfum d'amour me donnait l'espérance !
Je croyais que c'était de l'amitié, croyance
Dont je sais maintenant toute la vanité.

SUZANNE, *ravie.*

Parlez encore, ami, parlez ; en vérité,
Vous m'inondez le cœur d'une joie sans pareille.

FRÉDÉRIC, *tendrement.*

Oui, je veux murmurer, tout bas, à ton oreille,
Des rêves de bonheur et des serments d'amour ;
Va, de notre bonheur il s'est levé le jour !
Il est venu bien tard ; que veux-tu, ma mignonne,

C'est que j'étais ingrat, que j'étais fou. Pardonne,
Pardonne-moi d'avoir méconnu si longtemps
Ton cœur, et mon amour, et ton long dévoûment...

SUZANNE.

O mon ami, je vous pardonne, et je vous aime.

SCÈNE VII.

L'ONCLE, FRÉDÉRIC, SUZANNE, MADELON.

L'ONCLE.

*Il entre précipitamment, essoufflé, couvert de poussière et de suie comme la pre-
mière fois : il a une énorme brosse à la main. Se laissant tomber dans un
fauteuil :*

Ouf-là ! je n'en puis plus !

Sans voir les jeunes gens, il se relève et se regarde dans une glace.

J'en suis devenu blême
Tout comme un charbonnier. Sainte Vierge ! Voilà
Un sot métier qui me met dans cet état-là !
Un drôle de métier pour un propriétaire !
Ce n'est pas moi qui fais fumer ma locataire !

Gesticulant.

« Ma cheminée par ci... Ma cheminée par là... »
Ah ! je tombe vraiment de Charybde en Scylla ;
C'était la cheminée du Monsieur tout à l'heure,

Et maintenant c'est celle de Madame.

Entendant les jeunes gens.

On pleure

Par ici... Non...

Se tournant vers eux.

Dis-donc, tiens-tu pour le billet

Tout comme auparavant?

FRÉDÉRIC.

Je vais tout dévoiler,

Si vous le permettez, je vais...

L'ONCLE, majestueux.

Paix! je digère.

Tu sais que je sais tout...

FRÉDÉRIC, renforçant sa voix.

Mais non, non, non, tonnerre!

Vous ignorez que je sais que vous ne savez
Rien, vous dis-je...

L'ONCLE.

Tout doux, je sais...

FRÉDÉRIC.

Vous ignorez;

A Suzanne, qui s'était éloignée de quelques pas.

Viens près de moi, Suzanne...

L'ONCLE.

Il la tutoie; mazette!

FRÉDÉRIC.

Ironiquement.

Vous savez !...

Nous sommes cousins... et puis...

L'ONCLE.

Complète.

FRÉDÉRIC.

Cependant qu'à loisir vos cheminées fumaient...

L'ONCLE.

Eh bien, achève donc...

FRÉDÉRIC.

Nos cœurs ici brûlaient !

Changeant de ton.

Mais que sur ce *billet* à la fin je m'explique ;
Écoutez, je vous prie, sans donner la réplique.

L'ONCLE.

Je sais...

FRÉDÉRIC, *avec vivacité.*

Je n'étais point venu dans l'intention

D'épouser ma cousine ;

L'oncle et Suzanne, ébahis, prêtent l'oreille.

Il n'était pas question,

Dans mon affaire, de demande en mariage ;
Tout autre était le but de ce petit voyage :

But de vous emprunter mille francs.

Avec un profond soupir.

Ça y est !

L'ONCLE ET SUZANNE *stupéfaits.*

Ah !

SUZANNE.

Ah ! ce n'était pas pour moi que vous veniez ?...

FRÉDÉRIC.

A dire vrai, voilà le but de ma visite ;
Puisqu'à continuer votre bonté m'invite,
Si vous voulez...

L'ONCLE, *effaré.*

Si je veux, monstre ! Ah ! sacripant,
Ah ! gueux. Si j'aime mieux te donner mille francs
Que te prêter ma fille !... ou plutôt, qu'on m'étrille...
Te prêter mille francs que te donner ma fille !...

FRÉDÉRIC.

Vous comprenez pourquoi je parlais de *billet ?*

L'ONCLE.

Hélas ! je ne comprends que trop bien, en effet !
Mais je ne suis pour rien là-dedans. La petite
M'avait dit : « Je me tue, si Frédéric nous quitte
« Sans obtenir de toi une réponse ; enfin,
« Dis-lui : Oui, quand il te demandera ma main ;

« Sinon, nous en mourrons, je me tue, il se tue !... »
Je ne pouvais pourtant vous laisser tous mourir !
Alors, croyant, ma foi ! tant j'avais la berlue,
Que tu voulais ma fille, j'allai te l'offrir.
Mais je n'ai nulle envie, moi, de te voir mon gendre ;
Je ne suis pas fou de ton museau, cher et tendre !
J'aime mieux te prêter mille francs. Sans retard,
Allons...

FRÉDÉRIC.

J'en suis fâché, mon oncle, il est trop tard !

L'ONCLE.

Tant pis !

A Suzanne.

Et tu consens ?

SUZANNE.

Il m'aime et je l'adore.

MADELON.

Elle paraît à la porte du fond.

Monsieur, le locataire du troisième...

Elle rit.

L'ONCLE.

Encore ?

Une autre cheminée qui fume ?

MADELON.

Oui-da.

L'ONCLE.

Il se dresse, et d'une voix terrible :

Eh bien...

Puis, se ravisant, il se pose doucement sur un fauteuil,
en croisant les mains sur son ventre.

Mauvaise digestion !

MADELON, *sur le devant de la scène.*

Bah ! tout est bien,
Qui finit bien.
Amitiés de cousin-cousine
Au fond du cœur ont leur racine.
Lorsque dans les riants souvenirs on jardine,
On les retrouve toujours.
On les arrose avecque des larmes de joie,
Ça vient tout seul et ça verdoie
Sous le soleil de la beauté ;
Puis à l'été,
Quand ça fleurit un beau jour,
C'est fleur d'amour.

FIN

TABLE

—

Achevé d'imprimer

par

HENRI LECESNE

à Châteaudun

LE 23 AVRIL 1880

CHEZ LE MÊME ÉDITEUR :

Les Heures de Soleil, par J. BAILLY, de la Société philotechnique. 1 vol. in-12 . . . . 6 fr.

Le *Livre des Baisers*, par Victor BILLAUD, avec une eauforte et 39 dessins à la plume par Henry SOMM, 2e édition. 1 vol. grand in-18 . . . . 5 fr.

Les Contes Tourangeaux, gais devis, recueillis par un lettré poitevin. 1 vol. grand-in-18 . . . . . . 6 fr.

Les Haltes, par André CHANET, nouvelle édition. 1 vol. in-12 . . . . 3 fr. 50

Romania, par Marie NIZET, 1 vol. in-12 . . . . 5 fr.

Les Chants du Matin, par Albert CHATEAU. 1 vol. in-12 . . . . 2 fr. 50

Les Échevelées, par A. LAFITTE. 1 vol. in-18 . . 1 fr.

Tyrtée, traduction nouvelle, par A. PROFILLET DE MUSSY, texte et préface de KLOTZ, avec gravure à l'eau-forte d'après l'antique, par G. Morel. 1 vol. in-12. 2 fr. 50

Les Trouvères, par MARQUE et D. MON. 1 vol. in-12. 3 fr.

Bleu de Province, par Paul MICHEL. 1 vol. in-12. 3 fr.

Dieu et Patrie, poèmes militaires, par Marc BONNEFOY. 1 vol. in-12 . . . . 3 fr.

La Femme d'aujourd'hui, par Hermance LESGUILLON. 1 vol. in-12 . . . . 3 fr.

Les Quarante, ou *Grandeur et Décadence de l'Académie française*, par Th. VIBERT, auteur des *Girondins*. 1 vol. in-12 . . . . 2 fr.

Martura ou un *Mariage civil*. 1 vol. in-12 . . . 1 fr.

Fleurs de Rêve, par SWARTH. 1 vol. in-12 . . . 2 fr.

Hardymille, par Jule FRANC. 1 vol. in-12 . . . 3 fr.

Mes Vers, par A. MARTIN. 1 vol. in-12 . . . 2 fr. 50

Fleurs du Sancy, par COMBEROUSSE. 1 vol. in-12. 3 fr.

Marguerite de Faust, poème par René ASSE. in-18. 60 c.

Le Hulan, poème par MARQUE et D. MON. in-18. 25 c.

www.ingramcontent.com/pod-product-compliance
Lightning Source LLC
Chambersburg PA
CBHW070803280626
47162CB00016B/1606